Rudolf Henz

Wohin mit den Scherben?

RUDOLF HENZ

Wohin mit den Scherben?

Roman

VERLAG STYRIA

Ausgewählte Werke

CIP-Kurztitelaufnahme der Deutschen Bibliothek

Henz, Rudolf:
Wohin mit den Scherben? Roman/Rudolf Henz.
— Graz, Wien, Köln: Verlag Styria, 1979. —
ISBN 3-222-11164-2

1979 Verlag Styria Graz Wien Köln
Printed in Austria

Umschlaggestaltung: Christoph Albrecht
Gesamtherstellung:
Druck- und Verlagshaus Styria, Graz
ISBN 3-222-11164-2

Ein Brief aus Weißenbach am See

Sehr geehrter Herr Professor Hemmelmann!

Gerade noch rechtzeitig vor der Entscheidung über das Schicksal unserer Klosterruine Marienberg erfahre ich Ihre Adresse. Pater Leo OSC, mein Kaplan, hat sie von Frau Dr. Heidemarie Pollacek erfragt, die heute in Kassel die avantgardistische Kunstzeitschrift »übermorgen« ediert, in den letzten Monaten des Krieges mit Ihnen zusammen auf Marienberg bei Bergungsarbeiten eingesetzt war und bereits ihren dritten Sommerurlaub in Weißenbach verbringt.

Die seit Monaten umstrittene Frage, ob aus der Ruine ein Pensionistenheim, ein Bildungszentrum oder ein sechsstöckiges Terrassen-Appartementhotel (Kommerzialrat Grimmeisen) erstehen soll oder einfach wiederum die alte Wallfahrtskirche »Maria mit dem Edelweiß«, möge Sie weiter nicht beschweren. Im Erdäpfelkeller aber, unter vermorschten Kisten und ein paar Dutzend von Mäusen angefressenen Kirchenvätern aus der total geplünderten Bibliothek, wartet ein Haufen völlig verdreckter Scherben auf Sie, den berühmten Glasmaler und Fenster-Restaurator. Sie haben ja, aktenkundig, im Spätwinter 1944/45 auch die alten gotischen Fenster der Wallfahrtskirche vor der Gefahr aus der Luft in Sicherheit gebracht, drei Farbglasfenster, angeblich aus dem 14. Jahrhundert. Nun ein Scherbenhaufen, drei Meter lang, zwei Meter breit und anderthalb Meter hoch. Ein Jeremiasfenster, ein Jonasfenster, in der Mitte das Fenster »Maria mit dem Edelweiß«, dazu drei spätgotische Maßwerke. Sie haben die Gläser der drei mal acht, also vierundzwanzig Scheiben, 90 zu 60 cm, wie die alte Stroblin, Ihre damalige Papier- und Farbenlieferantin und illegale Nährmutter (die im Krieg streng verbotenen Mohnnudeln!) beschwört, aus dem Blei gelöst, die Gläser jeder Scheibe in eine Feldpostschachtel verpackt und vorher auf einem Pappkarton schwarzweiß abgemalt. Auch Herr Kommerzialrat Grimmeisen, damals Verwalter des aufgehobenen Klosters und Ortsgruppenleiter, erinnert sich an die genau gezeichneten Kartons, wobei jeder Scherben mit Wachsstift numeriert war. Die Schachteln wurden dann von den Russen auf einen Haufen entleert, die Kartons von eingewiesenen Kommunisten und deutschen Flüchtlingen aus dem Banat verheizt. Stellen Sie sich die herumtrampelnden Russen vor, die mit den bunten Scherben spielenden Flüchtlingskinder! Mein Vorvorgänger hat bereits Anfang der fünfziger Jahre den Konservator mit Briefen bombardiert. Wer kann noch diese drei- und vierfach gesplitterten Scherbchen zu Bildern zusammensetzen? Wer soll das ganze Puzzlespiel drei bis fünf Jahre lang bezahlen? Erst hat der Konservator nicht reagiert, dann mein unmittelbarer Vorgänger nicht. Er schreibt in der Pfarrchronik den Scherbenberg jenen Scherben zu, die der Krieg uns hinterlassen hat und die wir nun endlich abschreiben müssen, wie das Interesse für Kunst überhaupt, auch für jede Moral.

Wer immer über Marienberg entscheiden wird, den Scherbenberg im Keller sollte man doch nicht verkommen lassen. Auch wenn Sie sich um diesen Haufen nicht kümmern, Herr Hemmelmann. Wohin mit den Scherben? Ein Dutzend Patentlösungen geistert durch Weißenbach. Ich traue in künstlerischen Fragen weder dieser Heidemarie noch meinem ebenfalls avantgardistischen Pater Leo noch dem Kommerzialrat, am allerwenigsten mir selbst. Kommen Sie also nach Weißenbach, sofern Sie gesund sind. Rufen Sie an! Fahren Sie übermorgen mit dem Taxibus Wien—Weißenbach—Neuberg! Sie werden erstklassig aufgenommen. Herr Grimmeisen hält die Erzherzog-Johann-Zimmer für Sie bereit, im Seehotel, das Sie ja sowenig wie den See in seiner heutigen Herrlichkeit kennen.

Ob Sie noch arbeiten? Ich brauche doch bloß Ihren Rat. Sie haben, wie man mir sagt, einige hundert wertvolle Scheiben im Krieg geborgen und restauriert. Wieso hat der Konservator nicht an Sie gedacht? Zu viele Scherben lagen auf der Welt herum. Daß Sie selbst in den dreißig Jahren Weißenbach nicht wieder aufgesucht haben, begreife ich nach allem, was die Stroblin mir berichtet hat. Die Stroblin hat übrigens zwei von Ihnen signierte Kohleskizzen, ein Porträt der armen Lotte Wild und eine Skizze des Walfisches aus dem Jonasfenster, Komm.-Rat Grimmeisen verkauft um je 1500 Schilling, und das 1951 (!!).

Zerreißen Sie jetzt diesen Brief nicht! Bitte, bitte! Fragen Sie nicht erst beim Denkmalamt an. Das dauert. Indes baut Herr Grimmeisen bereits sein Appartementhotel. Er ist der wichtigste Mann in der ganzen

Gegend und heute auch der umgänglichste. Tragen Sie ihm nicht nach, was er damals als blöder SA-Mann aufgeführt hat. Kommen Sie, sobald Sie können. Ich kenne nur Bilder von Ihnen aus der Zwischenkriegszeit, das große Fresko in der Salvatorkirche Ottakring, die Deckenbilder in Beiersdorf, den modernen, aufrichtig gesagt mir zu modernen Kreuzweg in Großradlberg.

Grimmeisen fördert hier dankenswerterweise die normalen, die von Kritikern und Narren verfolgten Maler. Sie werden sich gut mit ihm verstehen. Überdies gibt es in einer Woche in St. Lambrecht ein Kunstgespräch, das von Pater Leo geleitet wird und, wie er sagt, mit Prominenz besetzt ist. Erstklassige Kritiker und Professoren aus der BRD, die gerne eine Augustwoche bei uns in den Bergen verbringen! Die Pollacek ist sehr begierig nach einem Wiedersehn. Hypermodern oder konservativ, Sie werden Freunde und Gesprächspartner finden, über die Scherben aber werden Sie allein entscheiden. Ich erwarte Ihren Anruf. Bringen Sie Ihre Gattin mit und den Hund, wenn Sie einen haben.

Ihr
P. Zölestin
6. August Pfarrer in Weißenbach am See

In der Weißstraße meldet sich beim vierten Anruf endlich die neue Bedienerin. Herr Diplomingenieur Kommerzialrat Generaldirektor Dr. Fauland und Gattin sind verreist. Wohin? Auf wie lange? Keine Ahnung! Sie notiert, daß ein Herr Hemmelmann angerufen hat.

Ich kann doch dem Scherbenpfarrer nicht zusagen, ohne mich mit Eva zu beraten. Entweder ist sie mit ihrem Mann in Dornbirn beim Symposion gegen das japanische Textildumping, oder sie benützt ihre Freiheit zu einer Zusammenkunft mit ihrem Edwin.

Warum aber hat Eva mir diese Fahrt nicht angekündigt wie alle früheren zu ihrem »Herzallerliebsten«? Trifft sie sich wiederum mit Fritz, dem alten Freund, am Großvenediger oder in Weißenbach? Der eine Liebhaber für die Berge, der andere fürs Wasser, Edwin sicher auch fürs Herz, beide nebeneinander. Auch wer, wie ich, sehr viel um ihre verpfuschte Ehe weiß, begreift das nicht auf den ersten Blick!

Ihr Mann weiß um diese Ausbrüche aus einer argen Überlastung als Hausfrau, Gattin, Mutter, Großmutter. Max Fauland fördert diese Seitensprünge, um Eva bei Laune zu halten, er braucht für Haus und Firma eine freizügige, stets frische und fröhliche, mehr als bloß charmante Frau. Ich bin weder ihr Tugendwächter noch eine Art Beichtvater. Ihr Vater könnte ich sein. Ich leide darunter wie unter jeder Unordnung. Längst aber zweifle ich, ob wir das Recht haben, einen in seiner Art glücklichen Menschen, der auch seine Mitmenschen beglückt, einzuengen, auch in einer Ordnung, der nicht die geringste Fragwürdigkeit mehr anhaften würde. Eine Frage, die jeder Moraltheologe und Psychiater telefonisch beantworten würde. Ich hüte mich, diese trotz allem klaglos funktionierende, ja für oberflächliche Betrachter vorbildliche Ehe anzukratzen. Ich gehe auch nicht Gerüchten nach, die der Fauland Ges. m. b. H. wie anderen Textilbetrieben Schwierigkeiten andichten. Mich bekümmert auch nicht, was die Leute über mich, den Alten, reden, wenn ich mit Eva beim Heurigen sitze. Ich kenne weder das Ehepaar Pohlmann, Fritz und Dora, noch Edwin Semper. Ich habe nur etwas gegen auftrumpfende Managertypen, wie Fritz wohl einer ist. Ich habe auch des öfteren mit Eva gestritten und ihr zugeredet, nun Edwin, ihrem »Herzallerliebsten«, treu zu bleiben. Ihr Spiel mit beiden, diese Art Nihilismus oder moralische Anarchie, schmerzt mich körperlich.

Warum ist sie diesmal abgereist, ohne mir etwas zu sagen? Warum plötzlich diese Heimlichtuerei auch vor mir? Weil ich dagegen wäre, daß sie nach Weißenbach fährt, solange in Weißenbach Pohlmann als Manager für meinen alten Gegner Grimmeisen Hotelpläne schmiedet? Warum, wenn sie ohne Edwin nicht mehr leben zu können glaubt und Tag und Nacht mit ihm bei jeder Zusammenkunft oder per Telefon ihre Scheidung bespricht, warum ist sie zuweilen auf mich wütend, daß ich sie in die große Liebe ihres Lebens gedrängt habe, wo sie doch Pohlmann nicht vergessen will und kann?

Für Grimmeisen wäre eine Begegnung peinlicher als für mich. Auch wenn der Klosterstürmer sich nun den Pfarrer gekauft hat. Gekauft, sicherlich mit Glokken, Bildern und anderem Zubehör.

Die alte Stroblin ist heute sicher eine getreue Kirchgeherin und gierig, einen Gegner Grimmeisens, einen Zeugen seiner Schandtaten wiederum vor sich zu haben. Die Mißhandlung seiner gelähmten ersten Frau, der Selbstmord der Studentin Lotte Wild, zwei Stunden vor der ersten russischen Granate. Mein Todesurteil sollte sie in die Maschine schreiben, stattdessen rennt sie aus dem Zimmer. Vor den Augen der Gelähmten erhängt sie sich am Fensterkreuz. Das nicht unterschriebene Urteil habe ich erst vor zehn Jahren zerrissen und ins Klo gespült. Ich werde Grimmeisen nicht fragen, warum er das Urteil nicht unterschrieben hat. Ich werde nicht nach Weißenbach fahren.

Der brüllende Grimmeisen. Sein Befehl, alle Bilder zu vernichten, die aus Grazer Villen in Sicherheit gebrachten barocken Möbel anzuzünden. Professor Wust weigert sich. Der Ortsgruppenleiter setzt ihm die Pistole an. Die Heide, unsere bestgehaßte Aufpasserin, nimmt ihm die Pistole aus der Hand, repetiert gekonnt und läßt die Patronen springen. Über allem gespenstisch das ratschende Telefon in der Kanzlei. Wer ruft um Hilfe? Wer warnt uns?

*

Marsch durch die Weingärten, Fahrt nach Greifenstein, Waldlauf, einsamer Heuriger. Drei Fragen entrinne ich nicht: Werde ich den riesigen Scherbenhaufen überhaupt bewältigen? Werde ich durchhalten oder darüber sterben? Ein Puzzlespiel zum Verzweifeln — ich habe weder meine Kartons noch auch nur ein Foto der alten Fenster. Ist es sinnvoll, heute Prophetenscheiben zu restaurieren oder das Marienfenster? Auch das. Bin ich als Gegner eines oft ins Heidnische ausufernden Marienkultes (als Ersatz für den schwierigen Glauben an Gott und Gottes Sohn) dazu überhaupt fähig? Eher noch das Jonasfenster! Wer aber weiß noch um dieses Propheten Aufbegehren gegen Gott, den verzeihenden, Ninive immer wieder verschonenden Gott? Kann ich nach dem Konzil überhaupt noch Heiligenfenster rekonstruieren? Ist das nicht Zeit- und Kraftverschwendung? Für den Maler aber, der nur als Christ leben kann, ein Alibi für sein Versagen an den Aufgaben der Zeit?

Und Eva? Wenn ich den Job als Textilzeichner, den sie mir verschafft hat, aufgebe, ehe ich die ersten Blätter geliefert habe? Und ist nicht tatsächlich diese Textilzeichnerei die einzige unserer Zeit entsprechende echte Malerei? Was sie nun wieder treibt, was geht's mich schon an, wo ich vor dem wichtigsten Auftrag meiner alten Tage stehe? Wie aber soll ich ihn erfüllen, wenn mir ihre Heiterkeit fehlt, ihre Stimme beim morgendlichen Anruf, ihre glückhafte Stimme?

*

30. Juli

Ist die Ehe auf Raten bereits zerbrochen? Wie erfahre ich, ob Eva zu Pohlmann zurückgekehrt ist? Was geht's mich an? Lotte und Max, die zwei vollkommenen Kinder Evas. Die Ärztin in der Frauenklinik, der Chemiker bei »Pharma nova«. Zwei Buben. Wer in der

Döblinger Gesellschaft kennt die Riesenvilla in der Weißstraße nicht, wer über den Bezirk, über die Stadt hinaus nicht das Sommernachtsfest bei Fauland, den Silvester, den Faschingshausball? Und den Mittelpunkt aller dieser Vergnügungen ohne Auftrumpfen, ohne Sensationshascherei, ohne peinliche Übertreibungen? Warum soll nun Eva sich nicht in Weißenbach mit Pohlmann unterhalten, mit seiner Gattin? Warum soll sie nicht ihren Mann bei Grimmeisen vertreten. Nicht weniger als fünf Sommer hintereinander haben die Faulands in Weißenbach verbracht. Damals, als der Forellenteich zum See wurde und das Seewirtshaus zum Seehotel? Warum soll Fauland nicht am neuen Berghotel Grimmeisens beteiligt sein? Hat Eva mir die Fahrt nach Weißenbach nur verschwiegen, weil sie meine Wut über diesen landschaftschänderischen Plan kennt?

Eva hat der Firma die gesamte Textileinrichtung des Luxushotels verschafft. Warum auch nicht? Ein lebenswichtiger Großauftrag in diesen schweren Textilzeiten! Eva verhandelt in Weißenbach, wozu dann diese törichte Frage?

*

Die Pollacek wird kein Interesse haben, daß ich sie an unsere damaligen Kunstgespräche erinnere. Sie, die fanatische Propagandistin für das »Haus der Deutschen Kunst« und noch fanatischere Streiterin gegen die »Entartete Kunst«, voran gegen Expressionisten wie diesen Hans Hemmelmann, den es nach Weißenbach verschlagen hatte, obgleich er nach Dachau, Buchenwald oder Theresienstadt gehören würde. Dieses fanatische Weib (nur Weiber sind wirklich fanatisch) kämpft nun in der Redaktion des »übermorgen«

ebenso verbissen für abstrakte Kunst, für Spiralenmaler, Strichmaler, Weißmaler, Übermaler, Schwarzmaler, Garnichtsmaler, für die Narreteien der Aktionisten. Für sie bin ich heute wiederum der unmögliche, in jedem Pinselstrich überholte Expressionist. Das gibt es, das ist möglich in der Kunstszene. Und diese Supergans ist nur eine aus der Herde. Die Hefte des »übermorgen« wie alles, was dort über moderne Kunst erscheint, alle Berichte über die »Baden-Badener Kunstgespräche«, alle Reden des Herrn Bense über die Berechenbarkeit der Künste, nicht nur der Musik, liegen bei mir, einem in dieser Beziehung perfekten Masochisten, stets griffbereit neben den Ergüssen des Pater Leo über das Ende aller christlichen Kunst.

Vor drei Monaten habe ich mir bei Freund Wibiral Visitkarten drucken lassen: *Hans Hemmelmann, akademischer Maler a. D.* Ich habe sie bisher nicht hergezeigt, dafür aber mit Generaldirektor Fauland einen Vertrag als Textilzeichner entworfen. Wir werden ihn nächste Woche paraphieren. Die Fauland Ges.m.b.H. erzeugt Baumwoll- und Nylongewebe aller Art, als Spezialität aber modische Sommerstoffe, Tapeten etc. Horst Lange, ein Kollege par renommee, 30 Jahre jünger als ich, ist ihm als Modellentwerfer abgesprungen nach seinem Riesenerfolg bei der Düsseldorfer Kunstmesse. Er wechselt zur Tafelmalerei, ich zurück zur Industriemalerei. Dagegen sei nichts zu sagen, meint Fauland, der von der Kunst noch weniger versteht als von der Politik. Meine ersten Entwürfe begeistern die Stoffdrucker, aber auch mich selbst. Ich werde nun abstrakt, ja hypermodern malen, und dies ohne Bruch mit meiner Vergangenheit. Ein triftiger Grund, den Ruf nach Weißenbach zu überhören.

Kollege Winter hat bei Pohlmanns angerufen. Auch Frau Dora ist mit ihrem Mann in Weißenbach. Keine Beruhigung! Frau Dora fördert ja das Verhältnis ihres Gatten mit Eva. Hat es gefördert. Die an ihre Geschäfte hingegebene Frau will einen tatkräftigen, einen im Grunde heiteren, sieggewohnten Mann. Sie braucht Eva als Geliebte ihres Mannes, um ihre mißglückte Ehe ertragen zu können. Eva, die Anarchistin und Hedonistin, braucht sich nicht mit einer eifersüchtigen Gattin und in ihren Augen skrupulösen und überholten Ordnung auseinanderzusetzen. Wenn ich hinausfahre und sehe, daß sie wiederum zu Pohlmann zurückgekehrt ist, und sei's nur auf ein paar Tage und Nächte, die sie in ihre große Liebe zu Edwin einschiebt, und mit diesen Einschüben finanzielle Manipulationen verbindet, kehre ich um. Dann streiche ich Evas Telefonnummer aus meinem Verzeichnis.

Der Generaldirektor ist selbst am Apparat. Eva ist verreist. Wohin? Zu einer Freundin. Sie braucht solche Ausbrüche, das sagt er nicht. Was geht's mich an? Das frage ich mich hundertmal am Tag, aber wenn ich an ihrer Villa vorbeigehe, klopft mein Herz wie das eines Gymnasiasten, und daß sie endlich zu einer echten Liebe gefunden hat, ist auch nach ihrer Meinung nicht zuletzt das Werk unserer heimlichen Gespräche in ihrer Villa, bei mir daheim oder beim Heurigen.

Fritz Pohlmann, Diplomingenieur, Dr. techn., Diplomkaufmann. Ihm verdankt Sepp Grimmeisen den Aufstieg vom Seewirtshaus zum Seehotel, vom Forellenteich zur Forellenbar und nun bald zum Luxushotel, verdankt Karl Fauland die exquisite Einrichtung seiner Villa. Warum sollte Eva nicht nach Weißenbach fahren, jetzt vor der Entscheidung über das Terrassenhotel? Planen doch, was ich aus der Zeitung mitgekriegt habe, die Weißenbacher Umweltschützer unter Führung der Pfarrjugend einen Volksentscheid gegen den Bau. Eva hält nichts von einer, wie sie sagt, »altmodischen« Umweltschützerei, steht in diesem Fall (auch das hat mich kaum berührt) auf seiten Pater Zölestins, des Pfarrers, und gegen Pater Leo, den exzellenten Kunstmann, Gelehrten und modischen Narren.

Der Scherbenberg! Von mir nach dem Krieg bewußt vergessen, gemieden wie Grimmeisen und die ganze Weißenbacher Gesellschaft. Ein Anruf aus dem Vorgestern, daß man auch nicht vermodernde Scherben nicht einfach irgendwo in einem Keller verdrecken lassen darf. Vor wem habe ich diese Scherben zu retten? Vor Grimmeisen? Vor dem nach Millionen für eine neue Orgel lüsternen Pfarrer, vor einem modernistischen Kaplan und einer wahnsinnig gewordenen Heide Pollacek? Vor einem barbarischen Manager? Bei meinen Restaurierungen im Krieg sah ich mich als Verteidiger kleinster gotischer Scherben gegen die weltweite Barbarei und Zerstörung. Heute, in Weißenbach, habe ich einen Haufen vergessener Scherben wiederum gegen offene Barbarei, Dummheit und Überheblichkeit zu verteidigen. So sehe ich mich, auch wenn ich meine Gegner nur ahne oder mir selbst erfinde. Meine ärgsten Widersacher wären jene, die den Haufen als ein immerhin kostbares, doch unbrauchbares Relikt in Kisten sauber verpackt im Keller eines Museums begraben würden.

Ich habe die Taxibusgesellschaft und gleich nachher P. Zölestin angerufen.

Marienberg, 3. August

Anton schiebt den Meldeblock zur Seite und führt mich in das »Erzherzog-Johann-Appartement«. Bereits beim ersten Treppenabsatz erfahre ich, daß die Zeitungen über das neue Hotel nichts als Blödsinn verzapfen. Kein Wolkenkratzer wie in Tirol, der die einmalige Weißenbacher Landschaft zerstört, sondern ein an die Bergkuppe angepaßtes Terrassenhotel mit begrünten breiten Flächen und Alpenblumenbeeten durch einen Doppelsessellift mit dem nur für Berghotelgäste reservierten Strand verbunden. Eine kleine Kapelle soll an das alte Kloster erinnern. »Unsere Pfarrkirche ist nur noch zu Weihnachten ausgebucht«, sagt er. »Das alte Wallfahrtsbild der Edelweißmadonna steht bereits seit dem Krieg in der Pfarrkirche und soll nun durch eine Lourdesgrotte aus echtem Weißenbacher Kalkstein ergänzt werden... Eine Spende des Chefs.«

Der Kommerzialrat selbst erwartet mich als überlebensgroßes Ölbild auf dem Treppenabsatz über einem Tischchen mit Enzian und Almrausch. Ich lasse die Begegnung mit dem in gemäßigter Kokoschkamanier gepinselten Imperator ohne Zucken über mich ergehen, und Anton erledigt dieses erste Zusammentreffen mit einer Handbewegung. Noch ehe ich von zwei Kellnerinnen aus dem riesigen Speisepergament (mit Bauernblumen) mein Nachtmahl wähle, interessiert mich der See.

Ein kleiner See, doch seit 1945 stark erweitert. Die Fichteninsel drüben ist neu, die Sandstrände, der kleine Segelboothafen, der tatsächlich herbstgläserne Abendhimmel über einer noch immer recht munteren Badegesellschaft. Anton, ans Haustelefon gerufen, unterbricht die Bestellung. Ich werde auf der Fichteninsel in der neuen Forellenbar erwartet und gebeten, das Abendessen drüben einzunehmen, kaltes Buffet, auf jeden Fall, nach der Reise, eine warme Suppe. Das Fährboot unter uns ist bereits besetzt. Anton heißt den Ruderer zu warten und eilt mir voraus an den Strand. »Verzeihen Sie die Änderung«, keucht er noch, »die ganze Gesellschaft erwartet Sie drüben.« Dann eher geflüstert: »Frau Generaldirektor Fauland ist auch dabei. Eine prima Frau.«

*

Fünf Studenten und fünf Studentinnen auf der eleganten, auf alt hergerichteten Plätte. Dazu neben dem Fährmann ein älteres Ehepaar, schweigende Hinstarrer und von dem herrlichen Abend so wenig berührt wie die Studenten. Die Studenten, Hinterbliebene eines von Pater Leo geleiteten Ferialseminars, machen Witze, für die es, meinem Gefühl nach, noch zu früh am Abend ist. Ein baumlanger fescher Bursch heißt Österreich das Arschloch der Welt, Meerschweinchen rufen sie ihn. Er betont »Fritz Merswein« und buchstabiert seine Besonderheit gegenüber dem anderen Getier. (Heute, drei Tage später, weiß ich, daß er dem Jungscharführer Michael dessen Verlobte Hanni Strobl, Großnichte der alten Stroblin, ausgespannt hat und mit dem Mädchen auf einer Solomaschine durch die Gegend rast.)

Ob ein Mensch unserer Zeit diesen unwahrscheinlich durchsichtigen Abend auf dem spiegelglatten See überhaupt noch erleben kann, ob er sich dabei nicht jeder »Kreativität« begibt? Dann, an einem Felsen vorbei, zum Überfluß der Vollmond in einem Waldeinschnitt. Bereits spiegelblank, noch immer riesig. Die Studenten jaulen auf, versuchen ein auch mir bekanntes dadaistisches Mondlied »Muter Gond fu...«, kommen nicht weiter, brüllen im Chor; guter Mond, böser Mond, verbotener Mond. Mond des Tages, Mond des Jahrhunderts. Die kleine Blonde streift das Kleid ab und springt ins Wasser. Zwei Burschen hechten ihr nach.

»Warum malen auch Sie keinen Mond mehr, Professor?« schreit einer. »Nur in Weißenbach gibt es diesen Mond noch. Nur in Weißenbach ist der Mond für Maler kein Tabu.«

Ihre Fragen gelten dem Griesgram neben dem Fährmann.

»Auch Rosen können Maler nicht mehr malen«, sagt der Alte bedächtig.

»Dürfen nicht, dürfen nicht«, ruft ein schlankes Mädchen, das noch am Abend schwarze Brillen trägt.

»Auch den lieben Gott kann keiner mehr malen.«

»Doch, doch. Heute haben wir ihn gesehen! Pater Leo hat ihn uns gezeigt. Eine riesige Spirale in Regenbogenfarben.«

»Eine verhatschte Spirale natürlich.« Die Doktorin aus Kassel behauptet, es sei ein Fehlschlag. Eine Linksspirale hätte er heute malen müssen, keine Rechtsspirale.

Beim Aussteigen die Brillenträgerin neben mir. »Verzeihen Sie, daß wir soviel Unsinn treiben. Wir haben eine Woche Diskussion hinter uns. Ein heißes Thema: Ist die Menschheit noch zu retten? Da bleibt nichts übrig, als kräftig zu blödeln.«

Das alte Ehepaar steuert auf das Buffet zu. In der Tür zum Forellenstüberl steht Grimmeisen. Er ist kleiner als in meiner Erinnerung, wohl weil er heute soviel dicker ist. Beide Hände streckt er mir entgegen.

Wie einen Filmstar beklatschen sie mich. Die Ohren dröhnen, die Gesichter verschwimmen wie durch eine beschlagene Brille. Ich nehme nur Eva aus, neben einem schlanken eleganten Mann, dem der Erfolg im Gesicht steht. Grimmeisen stellt ihn als Dr. techn. Dipl.-Ing. Dkfm. Pohlmann vor, die Dame zur Linken als seine Gattin. Ein älterer weißhaariger Mann, Samtjoppe, Sporthemd, ein Kollege, dem ich vor Jahren in der Sezession begegnet bin.

Grimmeisen stellt ihn als seinen derzeitigen Stipendiaten vor. Die Maler-Stipendiaten wechseln alle Vierteljahre, wohnen und arbeiten im Seehotel, haben alles Material zur Verfügung bis zur Riesenleinwand und hinterlassen dem Mäzen ein Produkt, Bild, Zeichnung, Skizze. Die einzige Bedingung: Kein Stipendiat unter 60 Jahren. Im künftigen Berghotel wird es auch Dichterstipendiaten geben, die mit ihren Produkten schön nacheinander Almanache füllen, jedes Jahr, keiner unter fünfundsechzig. Warum nicht, wo heute jeder Dreißigjährige von den Jungen abgeschrieben wird und fünfzigjährige Avantgardisten eine höchst komische Figur machen. »Ich hätte auch nie gewagt, Sie nach Weißenbach einzuladen.« (Was ich begreife.) Wir beide verstehen uns, denke ich erleichtert, nur der ganze Empfang war überflüssig wie die Zwischenfragen eines Schwätzers nach dem Scherbenhaufen.

Heide fehlt in dieser durch einige Wiener Sommergäste angereicherten Gesellschaft, einem Rechtsanwalt, einem Zahnarzt, beide mit ihren Gattinnen, dem Direktor einer Betonwarenfirma, dem Direktor der Sparkasse Neuberg und dem Baureferenten der Bezirkshauptmannschaft. Dabei hätte mich das Unternehmen Berghotel mehr interessiert als alles andere.

Das Gespräch umging dieses aktuelle Thema oder versandete in geflüsterten Zwiegesprächen der Fachleute. Mich wollten sie sichtlich nicht in meiner Begeisterung an den gotischen Scherben erschüttern. Die Textilien für das Berghotel sollte die Firma Fauland Ges.m.b.H. liefern.

Eva ist geschäftlich hier und durch Pohlmanns Gattin für die anderen gegen jede üble Nachrede gesichert. Mich begrüßt sie wie einen Gast, den sie seit Jahren kennt, nicht einmal als besonderen Freund des Hauses! Auch das ärgert mich wie die gestammelte Laudatio des Hausherrn. Grimmeisen preist meine Beharrlichkeit, die Treue zu mir selbst, diese in unserer Zeit so seltene Tugend. »Tugend« sagt der schreckliche Kerl. Einen Felsen in dieser Zeit nennt er mich, an dem sich die Wellen der Politik und der Mode brachen und brechen, einen Schwimmer gegen den Strom, einen Künstler, der auch schweigen und auf die Publicity verzichten, einen Maler, der auch den Pinsel ablegen kann, wenn er sich in der Kunstszene (das Wort hat er von der Pollacek) nicht mehr zurechtfindet. Das alles habe er als junger Mann, als rechter Lausbub, politischer Lausbub, nicht begriffen. — Auch politische Lausbuben ergeben dann oft sehr solide Männer. Nicht immer, die Zeit war auch anders. — Die Zeit war immer wieder anders. — Dann ein Satz, ein rechtes Bonmot: Glücklich der Mann, der in einer Zeit, in der die ganze abendländische Kultur zerfällt, berufen wird, den hinterlassenen Scherbenhaufen neu zusammenzusetzen.

Dieser Satz ist bestimmt nicht in Grimmeisens Hirn gewachsen. Als eine Einflüsterung der Heide wundert er mich. Seit wann redet die Propagandistin der

Ultramoderne von einem Kulturzerfall? Soviel Selbstbeschimpfung traue ich ihr nicht zu.

Wäre Heide dabeigewesen, ich hätte eine gute Antwort hingelegt, schon Evas wegen aus Stolz, aus Wut, daß sie da in Weißenbach neben diesem Pohlmann saß, die Geliebte neben der Gattin. So aber war ich total durcheinander, und der kräftige Beifall der kleinen Gesellschaft steigerte nur meine Verwirrung. »Stellen Sie sich vor, meine Damen und Herren, meine Kartons wären erhalten, die Gläser von den Russen unzertrampelt geblieben!« Dieser mein etwas feierlicher Satz ist mir im Gedächtnis geblieben. »Was? Ein Glasermeister hätte die Scherben aller 27 Scheiben zusammengebleit, ein begeisterter Denkmalschützer die Wallfahrtskapelle restauriert und die Scheiben eingesetzt. — Mich hätten Sie nicht gebraucht, das Berghotel würde nicht die an sich gerade noch erträgliche, auf die Dauer langweilige Weißenbacher Landschaft verschönern und endlich international berühmt machen. — Mein alter Freund (auch das) Herr Kommerzialrat Grimmeisen würde weiter harmlose Maler einladen, am Ende auch einen gewissen Hans Hemmelmann, aber als Stipendiaten, und würde mit dessen Bildern die letzten Sommergäste verjagen.«

So ähnlich muß ich geblödelt haben. Schwarz vor den Augen war mir, als ich mitten in der Rede wiederum Pohlmann, diesen Erfolgsmann aus der Auslage eines Geschäftes für Freizeitmoden, vor mir sehe. Ich hatte dabei doch nur zwei Whisky vor der kalten Forelle gekippt und die Forelle zur Hälfte stehen lassen. Daß ich nicht auch Eva beleidigte, verhinderten nur ihre hilflos bettelnden Augen!

»Ein zu anstrengender Tag für Sie«, sagt jemand

neben mir, »die Fahrt, die Luftveränderung, 900 Meter Seehöhe, der für morgen angesagte Föhn.«

Wie die ältere Dame in Jeans mit dem Riesenpopo, die so gar nicht der Heide Pollacek ähnlich sah, und der junge Mann, der so gar nicht einen Pater verriet, in die Bar gekommen waren, ist mir ebenso entfallen, wie die ganze Prozedur des, wie ich später höre, noch halbwegs möglichen Abschieds und des Weges zur Fähre.

»Sie fahren jetzt mit uns auf den Berg«, sagt der als Pater Leo nun deklarierte junge Mann, »Ihr Zimmer in der Taverne steht empfangsbereit. Da herunten haben Sie doch nichts verloren.«

»Mein Gott, wie ich mich schäme!« Mehr bringe ich nicht heraus.

*

Marienberg, 4. August

Ein bis auf die Knochen blamierter alter Mann, der mit dem nächsten Postbus abreisen will. Auch die barocke Bühnenlandschaft vor meinem Fensterchen, dieser unter allen österreichischen Landschaften mir seit dem Spätwinter 1945 unvergessene, von mir vielleicht krankhaft überschätzte Talschluß, steigert nur die Wut gegen mich selbst. Was immer ich in Weißenbach mit den Scherben unternehmen werde, wird schiefliegen und die plötzlich in mir entstandene Leere nicht ausfüllen. Pater Leo hätte gestern nicht einen Buben niederfahren dürfen. Der junge Mann blieb unverletzt. Doch der Pater kam mit Heide zu spät in die Forellenbar, um meine Blamage zu verhindern. Dabei hatte ich nur den avantgardistischen Kaplan und die Gegnerin von 1945 irgendwie gefürchtet. Alles, auch wenn ich es jetzt schildern soll, unglaublich dumm, komisch, total der dünnen Luft und dem dicken Föhn ausgeliefert.

Auch der Enzian, den mir Frau Sieglinde Kominek neben den Riesenbuschen Almrausch hingestellt hatte, wie die rührende Begrüßung ihres Gatten Siegfried und die im Telegrammstil berichtete Geschichte des Ehepaares aus Leitomischl, das erst vor fünfzehn Jahren die Tschechei verlassen und bereits binnen eines halben Sommers die darniederliegende Klostertaverne als Jausenstation berühmt gemacht hat.

Herr Siegfried bringt aus dem Dorf: Eva Fauland ist heute am frühen Morgen abgereist. Mit ihrem Sportkabriolett natürlich, nach einem Krach mit Pohlmann.

»Mit seiner Frau«, wirft Frau Sieglinde ein.

Siegfried beharrt auf seiner Version. Seine Sieglinde wisse ja noch immer nicht, was da gespielt wird. »Ein wenig schwer sind die Ehe-, Liebes- und Bettverhältnisse in Weißenbach schon einzuordnen in eine halbwegs normale Gesellschaft«, setzt sie hinzu.

»Sie müßten doch mehr über Frau Fauland wissen. Ihr Mann soll Sie als Beobachter nach Weißenbach geschickt haben, als Privatdetektiv sozusagen, Sie, seinen Mitarbeiter im Geschäft ... Sie, Professor, als an Jahren ältesten und deshalb so sehr eifersüchtigen Liebhaber.« Das sagt er, sobald die Frau nicht hinhört. So komisch kommt ihm das selber vor. »Warum auch nicht? Witwer und Hagestolz.« Ich rühre mich nicht. Ein alter Mann kann vor dem Föhn auch Gedächtnis und Verstand verlieren. Beim Kaffee und den herrlichen Kipferln zergehen die Gerüchte auf der Zunge. Diese Eva, Mutter und Großmutter, geniert sich nicht, einen ganzen Tag mit ihrem Galan auf der Pichlhuben zu verbringen, dem ortsbekannten Absteigequartier des

Kommerzialrates mit der Doktorin aus Kassel. Welch eine Popodifferenz zwischen dem in die schrecklichen Jeans gestopften Hintern und der herrlich schlanken Eva. Diese Figur einer Zwanzigjährigen! Auch Frau Dora, die Gattin Pohlmanns, soll mit von der Almpartie gewesen sein und einstweilen Almrausch gebrockt haben. Freilich ist nicht einzusehen, weshalb sich dieser Pohlmann seit einigen Tagen mit Enzian und Obstlern Grimmeisenscher Produktion besäuft. Das Gipsmodell des Berghotels ist ihm aus der Hand gefallen und muß erst wieder geleimt werden.

Ob Frau Eva sich für den Bau eingesetzt, ob sie oft mit der Doktorin aus Kassel gestritten hat? Darüber weiß Herr Siegfried zu wenig. Dafür springt bereits Medizinalrat Dr. Adler ein, den Pater Leo aus der Vormittagsordination heraus zu einer dringenden Konsultation auf den Berg gebeten hat. Der Doktor, ein schlanker Bergfex im weißen Mantel über der Lederhose, drei Schmisse im Gesicht, eine alpenländische Figur gegen seinen Vorgänger, den damals (1945) jungen Arzt aus Neuberg, selbstsicher, doch gemütlich, seltsamerweise ein Gegner des Berghotelprojekts, kein Anbeter des Kommerzialrates. Mich nimmt er als einen Grimmeisen-Stipendiaten, der sich nebenbei mit dem Scherbenberg beschäftigen soll, ein im Grunde aussichtsloser, dazu völlig überflüssiger Fall, ein gutes Alibi für einen Urlaub in der herrlichen Weißenbacher Luft.

Blutdruck 190/100, nicht sehr gut, doch ungefährlich. Ein paar blutdrucksenkende Tabletten, keine Spritze. In drei Tagen werde ich akklimatisiert sein, sofern der Föhn nicht zu wild wird und ich Alkohol meide. Bei den Komineks bin ich in guten Händen.

Dann seine Frage: »Sie kennen doch die Familie

Fauland?!« Drei Jahre hintereinander waren sie auf Urlaub mit den Kindern im Seehotel. Der Bub litt damals an einer schweren Mandelentzündung. Er hat ihn im Auto eines Fauland-Freundes nach Graz ins Spital gebracht, der auch den Aufenthalt der Familie bezahlt hat. Fauland war damals, als kleiner Textilkaufmann, nicht gerade vermögend.

Da ich nicht einsteige, bricht er ab. Später: »Schon damals eine vorbildliche Ehe, wenn auch sie eine derart natürliche, heitere, in ihrem Denken fortschrittliche Frau, in die jeder halbwegs natürliche Mann sich verlieben müßte.« Dann schwatzt er von einem Liebesnest auf der Pichlalm oder von Torschlußpanik, von einem Ehemann, der entweder blind ist oder dem bereits alles egal ist außer seinem Geschäft, der sie aber nicht hinauswirft, weil er sie als Lockvogel für Geschäftsfreunde braucht, als eine Art Plakatgirl.

Dann geflüstert: »Von Schwierigkeiten der Fauland AG. müßten Sie als erster wissen.« – »Erstens keine AG., sondern eine Ges.m.b.H.«, sage ich, »zum anderen: mit dieser Frau?« Er versetzt mir nun doch eine Beruhigungsspritze: »Kann Ihnen ja auch völlig egal sein. Ich würde mich um den Weißenbacher Tratsch überhaupt nicht kümmern. Für den Herzinfarkt gefährlicher als Übergewicht und Blutdruck oder Ärger mit der Steuer.«

Ich riegle die Tür ab, verkrieche mich ins Bett, stehe auf, ziehe die Vorhänge vor, genieße ein Achtel Enzianschnaps und schlafe auch schon. Gewiß hatte ich gewünscht, nicht mehr zu erwachen. Wobei mir das Erwachen doch wiederum behagte wie das vom Medizinalrat verordnete Reisfleisch aus Frau Sieglindes Küche, auch das dazu genehmigte Glas Mineralwasser.

Ich ziehe die Vorhänge zurück. Doch jetzt ist die Kulisse im Nebel. Nur die Spitzen der Kegel und Wände ragen in den Föhnhimmel. In längstens einer Stunde werden sie vor mir stehen. »Zur rechten Zeit«, sage ich mir, »und so klar, wie nur der Südwind sie vorführt.« Mein Skizzenblock liegt unberührt auf dem Tisch.

»So gesund möchte ich sein«, sagt Herr Siegfried, als er mir die telefonische Anfrage Michaels überbringt. Michael Braunsteiner, der Sohn des Elektrohändlers und Ortsgruppenleiters vor Grimmeisen und Erzfeindes der alten Stroblin, Neidgenosse Grimmeisens, dessen Konkurrent in der Kammer. Michael, Führer der männlichen, Hanni der weiblichen Pfarrjugend. Die von Pfarrer und Kaplan einträchtig vorgeplante Superhochzeit der beiden Spitzenfunktionäre für November wird durch Michaels Eifersucht in Frage gestellt. Hanni fährt seit vierzehn Tagen auf der Solomaschine des Meerschweins durch die Gegend. Ob mir Michael noch ein vollwertiger Assistent sein kann? frage ich.

Ich aber will den Scherbenberg jetzt nicht sehen. Ich fühle mich krank wie vor der letzten Hongkong-Grippe, leicht fiebrig und zerschlagen, irgendwo an einem Weg ausgesetzt, an einem Irrweg.

*

Marienberg, 5. August

»Wenn nicht auf der Pichlalm, dann auf der verlassenen Pfarralm«, behauptet Frau Sieglinde, »aber eher auf der Pichlalm.« Weißenbach auf dem Weg zu einem mondänen Badeort. »Ob Pichlalm, ob Pfarralm, Ihnen kann es doch egal sein«, sagt sie. Wie einen

Laufkäfer spießt sie mich auf (einen alten, maroden). »Wäre das nicht so ein erstklassiges Tratschzentrum«, sage ich, »Sie hätten die Taverne längst aufgegeben.« Auch das klingt müd. Ich leide an solchen Geschichten. »Du bist gegen Unordnung allergisch«, hat mir bereits mein Freund Kaplan Köstler nach dem Ersten Weltkrieg gesagt. »Deine Haut ist zu empfindlich.« Ob aus Anlage, aus einer verfehlten Erziehung im Knabenseminar, aus irgendwelchen Frustrationen, wie man das heute nennt, aus einem tieferen Glauben, daß unsere Welt an der allgemeinen intellektuellen Anarchie vor die Hunde geht? Vielleicht fliegen mir diese anarchischen Wirklichkeiten erst zu, seit ich im Hause Fauland verkehre.

Das Telefon steht in der Schank. Dort kann ich die ganze Welt anrufen, nur nicht das Haus Fauland, die Wiener Nummer 32 22 66. Eva hat für den Mittag Schwammerlsoße mit Knödeln bestellt, Frau Sieglindes berühmte Schwammerlsoße. »Sie hat mich doch nie sitzenlassen«, sagt Frau Sieglinde. Ich verliere kein Wort über Eva.

*

Ich flüchte mich zu meinem Skizzenblock. Elf Winterskizzen habe ich damals hergeschenkt, eine liegt noch daheim. Im Hotel hängt keine. Vielleicht in der kleinen Hausgalerie. Ich kann mir aber keinen Stipendiaten vorstellen, der die großartige Kulisse nicht gezeichnet und gemalt hätte, im Winter, mit Sommerschnee, im Nebel und Föhn, zu allen Tageszeiten, mit Bleistift, Tusche, Filzstift, Aquarell, Pastell, Öl, als Holzschnitt und Radierung. Gewiß ein Beweis für die Überflüssigkeit aller Abmalerei.

Die beiden Waldhänge gleichen Vorhängen vor dem Felsgeheimnis. Rechts der Hirschenwald, links der Weißkogel, über ihm die Edelweißwand, über dem Hirschenwald die Wand des Gamskogels. Von beiden eingeschlossen eine Fülle von Köpfen, Fingern, Spitzen. Zwischen den theatralisch sich voreinanderschiebenden Wänden der Talschluß und der Durchschlupf ins Ramingtal, der Grimmeisen vor den Russen gerettet hat. Jetzt soll dieser kilometerlange Gang als Sensation ausgebaut werden.

Vor dieser barocken Kulisse die alte Kirche am Hang vor neuen Holzvillen. Auf den Terrassen frühstückt man bereits unter Sonnenschirmen. Durch die Kirche und eine breit gelagerte Friedhofskapelle und einen neuen Holzbau halb verdeckt der See. Die Fichteninsel von oben ein Stück vorgeschobener Wald. Hirschenwald. Seehotel und Dorf. Die in die Talwiesen hineingesetzten neuen Häuser mit ihren Fremdenzimmern, Frühstückspensionen.

Ich habe die Namen der Grate, Gipfel und Wände noch gegenwärtig. Wenn Grimmeisen sie nicht geändert hat. Als Herr und König von Weißenbach kann er auch das ganze Tal zerstören. 1945 war es eine expressive Winterlandschaft. Der erste Strich jedoch entlarvt meine Unsicherheit. Erst auf dem dritten Blatt gelingt mir die Kirche im Vordergrund.

Herr Siegfried meldet Michael an. Ob er stören darf im Auftrag von Pater Leo? Wer stört schon einen derart unsicheren, einen verzweifelten Maler, dem nicht nur der rechte Strich, der sich selbst abhanden gekommen ist?

In diesem halbverfallenen Kloster soll Michael noch einen möglichen Raum als Werkstatt finden und einrichten. Ein noch nicht total verwüsteter Raum, die alte Klosterküche. Die Komineks benützen sie als Rumpelkammer. Ein Lokal, groß genug neben dem halbverfallenen Herd für den Scherbenhaufen aus dem Keller, eine neue Lichtkiste, zwei Zeichentische aus der Werkstatt seines Vaters. Die Lichtkiste hat Michael bereits nach den von der Stroblin angegebenen Maßen gebaut und eingerichtet. Drei Hundertwattbirnen unter einer Milchglasscheibe 120 mal 90, wenn ich nicht Neonlicht bevorzuge! Was weiß die alte Stroblin von der heutigen Elektronik? Auch wenn sie bald Michaels Schwiegergroßmutter sein wird. Er schweigt. Natürlich führt er mich vorerst zur Post, wohin immer ich will, fährt er mich! Ich habe über ihn und seinen Kombiwagen zu verfügen.

Ich schütze eine Abhebung von meinem Postsparbuch vor und rufe die Wiener Nummer 32 22 66 an. Herr Fauland ist bei einer Konferenz in Salzburg. Frau Eva ist nicht daheim. Wo sie sich aufhält, weiß das Mädchen nicht. Ich suche die Nummer der Fabrik in Engabrunn aus dem Telefonbuch, rufe aber nicht an.

Michaels Vater, der alte Braunsteiner, 1945 ein wilder Nazi, begrüßt mich wie einen verschollenen Freund. Michael wird auch die Beleuchtung der alten Küche neu installieren und mir einen eigenen Arbeitstisch in meinem Schlafzimmer einrichten, der alle Stückeln spielt. Michael steckt voll von guten Ideen. Er heuchelt nicht Ergebenheit mir, dem alten Mann, gegenüber, schon gar nicht dem Maler, von dem er nicht mehr weiß, als daß dieser Hemmelmann Altar-, Kreuzwegbilder und Farbfenster gemalt hat und von Heide Pollacek vor 30 Jahren als entarteter Künstler bekämpft wurde, natürlich auch von Sepp Grimmeisen.

Dabei lobt er die Stipendiaten und ihre Wald-und-Wiesen-Produkte, ja er könnte sich nicht vorstellen, daß sie mir, dem Konservativen, nicht gefielen. Ich halte mich zurück. Wüßte ich doch nicht einmal, welches meiner alten Bilder mir noch gefällt oder auch nur behagt, oder ob ich heute eine einzige heilige Notburga zustande brächte, einen Kreuzweg eher, vielleicht auch nur ein einfaches Kreuz, ob mir das Beiwort »konservativ« nicht beleidigender dröhnt als das damals auf jeden Fall blödsinnige »entartet«.

Michael hat bereits in der alten Klosterküche den seit der Russenzeit verstopften Abfluß gereinigt, einen elektrischen Heißwassererzeuger an der Wand montiert, zwei Rattenlöcher mit Beton verstopft, Waschpulver verschiedener Qualität bereitgestellt, weiche und scharfe Bürsten, einen Zeichentisch neben der Lichtkiste, Papier, Kreide, Kohle, Aquarellfarben, Zirkel, Lineal, Aschenbecher, Zünder, Zigarren, Zigaretten. Daß ich seit zehn Jahren nach einem Herzinfarkt nicht mehr rauche, weiß er noch nicht. Als gelernter Waldviertler Dorfbub stört mich auch sein munteres Gerede nicht. Sein Leitmotiv: das Moderne mit dem Alten verbinden, Fortschritt und Tradition, Landler und Haxenschmeißer mit Samba und Boogie-Woogie. Er spürt, daß er damit meine eigenen Gedanken und Vorstellungen trifft, auch wenn es ihn bei meinem Alter verwundert, und packt aus. Seine Funktion als Obmann der katholischen Pfarrjugend wird er zurücklegen.

»Doch nicht vor der Hochzeit«, sage ich.

»Ach Gott«, sagt er gelangweilt, »Sie glauben doch nicht auch, daß ich mich von diesem Meerschwein abhängen lasse. Ich bin für Pater Leo samt seinen

Kunstnarreteien, doch diese Typen müßte er nicht aus der Bundesrepublik importieren. Und erst die Begeisterung für die Kasseler Doktorin, die bereits drei Sommer als Grimmeisens Geliebte durchgebracht hat.« Man stelle sich vor, dieses Kricksikracksi Lehrbuben und Bauernmädchen als Kunst einzureden oder wenigstens den Geisteszustand des Paters zu verteidigen. Mit dem der alten Stroblin ausgelieferten Pfarrer aber war Michael bei dem Versuch, in der Kirche eine Lourdesgrotte aus echtem Kalkstein aufzustellen, zusammengekracht. Rebell, größenwahnsinniger, von einem Narren verdorbener Katholik, Abtrünniger. Alles lächerlich, doch kaum zum Lachen. Krach darauf mit seiner künftigen Schwiegermutter, beinahe Krach, der von Hanni selbst angeheizt wird, die bald darauf der alten Stroblin entrinnt, sich im Seehotel einquartiert und als Schreibkraft für das Projekt Berghotel verdingt. Wirklich ärgert ihn an Hanni nur, daß sie seine Versöhnungspraxis von steirischen und brasilianischen Tänzen sabotiert. Wozu Niggertänze in Weißenbach, die kreischenden amerikanischen Platten mit den dummen englischen und noch blöderen deutschen Texten? Wozu das Gezeter des Schuldirektors, der noch immer mit zwanzig Burschen und Mädchen die alten steirischen Volkstänze übt, genau nach Zoders Aufzeichnungen in Büchern und Notenheften. Schön, sehr schön bei einem Preistanzen vor den würdigen Professoren der Volkskunde, dabei nicht zum Anschauen für einen jungen Menschen, wie sie sich quälen und wie tödlich ernst sie Schritt für Schritt, Figur um Figur setzen, als hätten sie eine mathematische Schularbeit vor sich, eine strenge Prüfung in Kulturgeschichte dazu. Ob dann einer sein Mädchen dabei noch anlacht, ob nicht die Liebe dabei, sofern sie aufkeimt, sauer wird? Jetzt hat er bereits zwölf Paare als Versuchskaninchen, gute Tänzer und regelrecht verliebt müssen sie sein. Schon nach den ersten noch geheimen Übungen, nicht in Weißenbach, sondern in Oberndorf drüben: Es wird, es geht. »Wir tragen ja auch nicht mehr die Uniformen der napoleonischen Zeit, die Biedermeiergoldhauben, so schön sie auch sind. Die Verschmelzung von Brasilien und Weißenbach zu einem neuen Tanz, der die Welt erobern wird, vorerst Weißenbach. Das Ei des Columbus.« Den Columbuseierhändler heißen sie ihn seither. Mitten in diese Begeisterung hinein seine Frage: »Und unsere heilige Kirche?«

Eine Frage, die ich bei Michael hätte erwarten müssen. »Wer hat recht, Pater Zölestin, Pater Leo? Papst Paul, Papst Johannes, Lefèbvre? Die Progressiven, die Konservativen?« Ich weiche aus: Nach dem Rechthaben sollte man doch nicht fragen. Wer hat schon wirklich in irgendeiner Frage, die uns heute aufregt, recht?

Er legt die Scherben weg und drückt mir treuherzig die Hand.

»Ob beide zusammenfinden werden, ob sie sich zusammenschweißen lassen, ob es überhaupt irgendwo einen Gelehrten, einen Theologen gibt, der diesen Übergang bereits vollzogen und diese Kirche der Gegenwart bereits sieht und ausmißt? Ob wir nicht eher den Boogie-Woogie und steirischen Landler zu einem modernen Tanz verschmelzen, der die Jugend dann wirklich begeistern kann?«

»Ein neues Bild aus den alten Scherben«, sage ich, »und wie wenige ahnen, was nicht alles auch in der Kirche, auch im Christentum in Scherben gefallen ist.«

»Für meine Leute, auch für die praktizierenden Christen, nur das Puzzlespiel eines alten beschäftigungslosen Malers«, sagt er, »ich aber begreife Sie.«

Die ersten gewaschenen Scherben auf der Lichtkiste begeistern auch ihn. Auch er findet, was immer man aus diesen funkelnden Gläsern zusammensetzt, es muß gut, muß herrlich sein. Ich lasse ihn bei diesem Glauben. Ich störe nicht seine Begeisterung. »Wenn wir die früheren Scheiben zusammensetzen und nicht mehr sein wollen als nur Restauratoren, wie sollen wir bereits vorauswissen, was in diesem ganzen Scherbenhaufen an neuen, an wichtigeren Bildern steckt?«

Dann wieder seine Hanni. Im Oktober, noch vor dem Advent hätten sie heiraten sollen. Der blöde Dorfwitz, daß die Anführerin der christlichen Jungfrauen als erste schwanger wird, dürfe sich in Weißenbach nicht wiederholen. Das Beispiel einer sauberen Brautzeit. Auch bei einem so hübschen, lebhaften, wie die Leute sagen, vitalen Mädchen wie Hanni! Jetzt fährt sie der Fatzke aus Bremen auf seinem Motorrad in der Gegend umher. Ein fescher Kerl, gewiß, ein APO-Mann nach seinen Reden, der sich in Weißenbach von der studentischen Politisiererei erholt und davon träumt, in der Gegend, etwa in Oberndorf oder auf der Pfarralm eine Kommune aufzubauen, eine echte, eine saubere Kommune (weder durch angeberische Aktionisten noch durch Maoisten und andere Spinner gestörte Kommune). Jetzt auf dem Motorrad hinter diesem Meerschwein! Ein modernes Mädchen, das nicht nach Moral und Treue fragt, sich die Pille verschafft hat und darauf mehr stolz ist als auf ihre schönen Augen. Dann: »Und ich habe die Schuld. Ich habe Forderungen unserer Moral gepredigt, denen sie wie ihre Kolleginnen gar nicht mehr gewachsen ist. Meine Überzeugung, meine Hybris: Ich, Michael Braunsteiner, werde es den Leuten zeigen, den Mädchen und Weibern, einer Eva Fauland, einer Dora, einer Heide Pollacek, all den Ehebrecherinnen und Durcheinanderschläferinnen von Weißenbach und Neuberg. Ich, der junge Mann, der eine Sendung hat.«

*

Wozu sitze ich nun in diesem dreißig Jahre hindurch tapfer gemiedenen Weißenbach? Verärgert, keineswegs enttäuscht. Was habe ich mir unter einem älter gewordenen Grimmeisen schon vorgestellt, unter den in Spießer verwandelten Weißenbacher Nazis? Als Kind vom Lande schau ich nicht mit dem Hochmut eines eingebildeten Großstädters auf so ein Nest herunter wie Eva Fauland. Doch was ich erwarten durfte, eine leichte Entwirrung meiner in den letzten Jahren, seit Tonis Tod, durcheinandergeratenen, zerscherbten Existenz wird hier scheitern. An den Weißenbacher Spießern werde ich versagen, an den noch spießerischeren Sommergästen und Forellenbarbesuchern aus Wien und aus der Bundesrepublik, an dem Streit um ein, wie mir scheint, größenwahnsinniges Hotelprojekt, an dem König von Weißenbach, wie sie ihn titulieren, der als mittelalterlicher ländlicher Erfolgsmann sein brutales Ortsgruppenleitergesicht nicht verleugnen kann, an all den Ehegeschichten, die hier die einzige Freizeitbelustigung bilden.

Seit meine Toni unserem Wolfgang nachgestorben ist, versuche ich meine Vergangenheit wegzuschieben. Auch meine Freunde sind tot. Wer hilft mir noch, die

Vergangenheit zu tragen? Bereits den Zweiten und erst recht den Ersten Weltkrieg? Wer weiß noch, wem könnte ich es auch beibringen, ihn teilnehmen lassen an dem Wunder jener langsamen Rückkehr ins Leben, das mir in den ersten Jahren nach dem Zusammenbruch der Monarchie widerfuhr, das ich in einem Bericht »Johannes oder Die Genesung« festgehalten habe (für wen?). Wen interessieren jene Jahre noch, die er vielleicht als Taferlklaßler erlebt hat? Meine ersten expressiven Fresken, Fenster und Tafelbilder? Die am eigenen Leib erfahrene Gnade Gottes? Nasenrümpfende Kritiker, wenn sie nur das Wort »Expressionismus« hören, als ob sie eine Ahnung von unseren tatsächlichen Expressionen hätten!

Wer wird mich hier begreifen? Das fordere ich auch nicht. Weder von Pater Leo noch von Eva, wenn ich beide nur noch ertragen könnte!

*

Pohlmann ist in Wien gewesen. Eva hat sich verleugnen lassen. Ein Gerücht, das mir Michael hinwirft. Er hetzt jetzt von Haus zu Haus, um Stimmen gegen das Berghotel zu sammeln. Auch die Sommergäste tun mit. Pohlmann besäuft sich wie ein Schwein. Auch Heide bestätigt es. Heide erwischt mich auf dem Weg zum Pfarrhof. Sie will mit Pater Leo das Protokoll über das St. Lambrechter Kunstgespräch durcharbeiten und natürlich mit mir über die Scherben beraten. Wenn wir bei der Hotelkommission am 22. August keinen Plan zur Verwertung der Scherben vorlegen, überlassen wir diesen Schatz dem Streit der diversen Ämter und damit dem Zufall. Sie wird dann längst wieder in

Kassel sein und dort für mich zittern. Dabei stören mich die Blue jeans an ihr, der fette Popo, durch das gelbrote Hemd nur halb verdeckt, und die schwabbernde Brust.

Pater Leo holen wir aus der Kanzlei. Er brütet zur Zeit über der Kirchensteuer und freut sich auf ein Gespräch über Kunst. Daß sie vorgestern abend Pohlmann stockbesoffen aus der Forellenbar geborgen und wie ein Stück Bauholz auf der Plätte über den See transportiert haben, weiß auch er. »Sie kennen ja das Haus Fauland besser als ich«, sagt er auf dem Weg zum Wagen, »ich höre, Sie gehen dort aus und ein als eine Art Vertrauter, auch Berater für Frau Eva. Da mußten Sie doch wissen, daß sie Pohlmann nach Weißenbach nachgefahren ist.«

»So sehr vertraut bin ich nicht, wie Sie sehen, ich kenne Eva nur als höchst fleißige, tätige Hausfrau, Mutter, Großmutter und Schwiegermutter, die einmal ausreißt, wenn ihr die Arbeit in der Riesenvilla zu viel wird. Eine Frau, die eine einzige Angst hat, sie werde von allen ausgebeutet und spüre das Leben durch die Finger rinnen. Man kann auch sagen, sie treibt sich dann herum.« – »Das wäre kein juristischer Grund für eine Scheidung«, sagt er. »Gründe gibt es doch nur für minder tüchtige Frauen. Nie von Scheidung gehört?« Ich ducke mich und bin ruhig.

Bis wir im Klosterhof halten, gilt nur mehr die Frage nach den Scherben. Auch der Pater begutachtet den kaum noch angebrochenen Haufen im Erdäpfelkeller, läßt sich aber auf die von Heide vorgelegten Maße weiter nicht ein, lobt in der alten Küche die von Michael bereitgestellten technischen Vorbereitungen und bewundert die bereits gewaschenen Scherben auf der Lichtkiste. »Wie so ein rubinrotes Stück, gar ein blaues, zu leuchten beginnt, während es im Fenster unter anderen dunklen und hellen Gläsern untergeht. Auch auf den Kronen der Kaiser und Könige verblassen die Edelsteine inmitten der nur mehr als einmalig zu taxierenden Fülle. Daher die modernen Betonrippen, von einem Architekten, besser einem modernen Bildhauer komponiert, mit diesen Scherben bestückt. Ein Fenster für die Kapelle im Bildungsheim, zwei Fenster im Vortragssaal.«

»Dort soll man schon die Weißenbacher Landschaft hereinlassen«, sage ich. Heide pflichtet mir bei, nicht der Landschaft wegen, sondern diese Betonrippen sind längst nicht mehr modern. Wir müssen uns schon etwas Exzeptionelles einfallen lassen.

Wir setzen die Debatte in meinem Zimmer bei einem Glas Wein fort; ein paar Meinungen sind der Aufzeichnung wert. Alle drei sind wir gegen eine Restaurierung nach den immerhin noch in der Kunsttopographie abgedruckten Schwarzweißbildern. Die Farben fehlen, die Figuren sind von einem mittelmäßigen Glasmalergesellchen entworfen, auch in der Gotik gab es genug Pfründner und Kitschisten. Und wer soll heute mit biblischen Bildern etwas anfangen? Seien wir froh, daß sie in Scherben zerlegt und wieder Material für uns Zeitgenossen sind, Pater Leo pflichtet mir bei. Er ist sogar gegen ein größeres Jonasfenster (Heides Vorschlag). Ich: Auch mich hätte allein ein Jonasfenster interessiert, nicht jener Prophet Jonas, der da aus dem Bauch des Walfisches hervorgewürgt wird, der Aufbegehrer gegen den immer wieder verzeihenden Gott. »Trauen Sie sich einen modernen Jonas zu, einen, der nicht begreift, daß Gott unsere dem Wahnsinn zutreibende Welt noch immer nicht durch ein paar Wasserstoffbomben zertrümmert?« – »Nicht einmal auf einem Riesenfresko würde ich es heute wagen.« Weshalb eigentlich im Neuen Testament niemand gegen Gottes Barmherzigkeit aufbegehrt? »Ninive wäre schon eher ein Glasgemälde wert«, sagt Heide. Ninive, Sodom und Gomorrha. Ich glaube, in Weißenbach geht es doch noch sehr natürlich zu. — Ohne Perversitäten. — »Keine Figuren, kein Ninive«, entscheidet der Pater, »wir kapitulieren, waschen die Scherben und werden froh sein, wenn wir sie irgendwo einsetzen können, und sei es in einem Hotel für Snobs.« Wir kapitulieren. Der Pater spricht aus, was ich denke. Erfreulich, daß einer die Wirklichkeit nicht verschweigt. Ob der Osten tatsächlich moralischer ist, fragt Heide. Ob wir, die Dekadenten, die sich auf ihre moralische Minderwertigkeit, ihre Amoralität etwas einbilden, allein schon deshalb den Kommunisten unterliegen werden? — Was ist moralisch minderwertig, was in aller Welt oder gar in Weißenbach? Scherben, Scherben, nichts als Scherben!

Frau Sieglinde serviert die Brettljause in meinem Zimmer. Der tiefblaue Abend ist stärker als der streitbare und in seiner Moralkritik gar nicht so sichere Pater. Mit diesem phantastischen Blick vor Augen über das Hotelprojekt zu streiten tut wohl.

Gegen den Denkmalschutz zeugen unsere Scherben, doziert Heide. Landschaftsschutz ist noch überflüssiger. Er rettet das Abendland, sofern es noch eines gibt, nicht vor dem Untergang oder gar die Gebirge, diese ganze an sich grausame Natur. Wozu auch ein neues Bildungshaus auf dem Marienberg? Haben die alten nicht alle miteinander versagt? Die amtlichen wie die privaten, die marxistischen, die christlichen? —

Wenn schon diese verteufelte Wohlstandsgesellschaft, dann soll sie uns, den Zeitgenossen, Freude schaffen noch und noch. Das geplante Terrassenhotel aber kann Freude spenden, Freude an der Natur vermehren, die Kommunikation fördern, das primitive Vergnügen vermehren. Sie kämpft für eine Rutschrinne aus Plastik vom Berghotel bis in den See. An der Technischen Universität arbeiten sie bereits an der Konstruktion einer solchen einmaligen Riesenrutsche mit eingebauten Brems- und Langsamstellen und einer richtigen Kopfsprungschleuder am Ende. — Heide in Fahrt. Ihr derbes slawisches Gesicht wird interessant. — »Soll ich, als Frau über fünfzig, als Weib in den Ruhestand treten, abtreten, mich einsperren, in meine Redaktion zurückziehen, langweilige Diskussionen und Symposien anheizen, nicht mehr Freuden spenden, die nur eine Frau spenden kann? Finden Sie, Pater Leo, das eine übertriebene, eine unmögliche Emanzipation?«

»Anarchie!« Das Wort des Paters trifft Heide stärker, als ich erwartet hätte. Jetzt erst geht sie aus sich heraus.

»Soll ich mit meinem Sepp Grimmeisen nicht auf die Alm gehen, nur weil er Dilettanten als Stipendiaten völlig überflüssig ernährt und bei unseren Kunstgesprächen als eine Art Watschenmann, wie er im Prater steht, auftreten könnte? Was hat das eine mit dem andern zu tun? Zwei ganz verschiedene Bereiche oder Zonen einer Frau. Was ist überdies ein Dilettant? Sie, Herr Hemmelmann, als Noch-immer-Expressionist, Sie, Pater Leo, als Mönch und Zölibateur, oder dieser Generaldirektor Fauland, dem eine so vitale Frau wie Eva nur Haushälterin, nur Empfangsdame und Lockvogel für Geschäftskunden sein soll? Er sieht, wie ich weiß, diese Unmöglichkeit wenigstens ein und gibt ihr freie Hand.«

»Ich sehe meine Unmöglichkeit noch nicht ein«, sagt der langsam rot anlaufende Pater, »von einer Frau, die vor den Augen der Gattin ihres Geliebten und mit deren Einverständnis so offen Ehebruch betreibt, würde ich als Laie mich distanzieren.«

Die Doktorin starrt nun mich an. Ich schweige, sie schaut auf die Uhr, springt auf und geht ab, unsicher, wie eine Laienspielerin.

*

Pater Leo geht voran über den Hof zur alten Küche. An der Tür kehrt er um. »Begleiten Sie mich ins Dorf«, sagt er, »so wichtig ist die ganze Scheibenwäscherei auch nicht.«

Der Pfarrer besucht eine krebskranke Bäuerin, weit hinter der Edelweißwand. Magenkrebs natürlich, wie zumeist in der Gegend. Ich werde Eva anrufen. Vorerst redet Pater Leo wie ein Wasserfall. Die Zenzi bringt eine Flasche Großradlberger aus dem Neuberger Klosterkeller. Wenn ich im Oktober noch in Weißenbach wäre, sollte ich ihn hinunter an die steirische Grenze begleiten, ein paar Tage dort urlauben unter dem Geklapper der Klapotez, der großen Windräder, und mit ihm die »Internationale« Straße wandern. Einmal in Österreich, dann ein Stück in Jugoslawien, wieder Österreich, ohne Grenzer, ohne Paßkontrollen, ohne Gefahr, verschleppt zu werden, wie an anderen Grenzen des Ostens. Diese Straße sei möglich und für ihn nicht nur eine kleine Sensation. »Straßen solcher Art zwischen zwei Gebieten, Bereichen, Intellektuellen,

Banausen sollten wir bauen. Wer aber baut sie schon ins Ungewisse? Wer bewältigt diese Denkstraßen? Wer finanziert sie? Wir bauen Riesenhotels als Stätten der Freude, nicht einmal verschämte Freudenhäuser. Wer bemüht sich noch um solche Herüber-Hinüber-Straßen? Wer sucht sie noch im intellektuellen Labyrinth unseres zu Ende gehenden Jahrtausends zwischen all den aufgeschaukelten Theorien, Geboten, alten und noch radikaleren neuen Dogmen, Bräuchen, Sinnlosigkeiten, Utopien, links und rechts?«

Dann plötzlich: »Ob ich im Herbst noch in Weißenbach sein werde? Im Stift brauchen sie einen Professor für, raten Sie einmal, nicht für Kunstgeschichte, sondern für Dogmatik, meinetwegen auch für Exegese, nur aus Weißenbach habe ich zu verschwinden, daß ich kein Kunstgespräch mehr besuchen kann, von Mitdiskutieren nicht zu reden. Die schöne Kehrseite: ich brauche mich dann nicht mehr für oder gegen ein schandbares Verschandelungshotel zu entscheiden, mit älteren, männernärrischen Frauen herumzustreiten, mich um ihre Heiterkeit, ihr Glück nicht zu sorgen, ihre heimlichen und offenen Skandale nicht vor Gott als Priester mitzuverantworten, sofern noch eine solche Verantwortung überhaupt möglich ist, was ich bereits bezweifle. Sie begreifen meinen Zorn, meine noch größere Angst. Da fallen plötzlich Zäune um, die für die Ewigkeit errichtet waren, brechen Felsen aus, an die ich mich gestern noch klammern konnte, und ich will doch weder meine Gelübde abschreiben noch die Kirche. Ich könnte es ja nicht, ich gehöre dazu. Ich bin für die Gesellschaft, für die Welt mitverantwortlich, nicht nur für die heutige Kunst, gar für Ihren Scherbenhaufen.«

»Sie suchen die Straße, die Sie vorhin geschildert haben«, sage ich.

»Und Sie, Professor, wandern bereits auf ihr. Obgleich Sie es weder wissen noch die rechte Trasse entdeckt haben. Als Maler kann man sich das leisten.«

»Ich glaube nicht an ein Ende des Christentums.«

Er starrt mich an und schüttelt den Kopf. »Wer zweifelt daran, im Gegenteil, was bei uns zu erlöschen scheint, flackert im Osten oder in Afrika wieder neu auf. Ein sehr menschliches, humanistisches, sehr freies Christentum, eines, das freilich mit unserer heiligen Kirche sehr wenig zu tun hat.« Er springt auf. »Wenn Sie Wien anrufen wollen! Der Chef wird bald zurück sein. Nicht, daß Sie dann nicht mit Frau Eva sprechen könnten, daß er etwas dagegen hätte. Ihm geht es um die Telefonrechnung.«

Damit sind wir aus dem harten Gespräch abgesprungen wie von einer Lokomotive in voller Fahrt. Zenzi sperrt den Apparat auf. Eva ist daheim und natürlich wiederum gehetzt. Fünf Personen zum Nachtmahl. Nach den Tagen in Weißenbach stellen sich die Gäste an. Dazu die Schwiegertochter im Spital vor einer Operation. Die Scherben sind unwichtig. Sie würde ein riesiges Kaleidoskop bauen, 1.50 Meter Durchmesser, durch einen kleinen Elektromotor auf Knopfdruck rotierend. Warum nicht? Wann aber habe ich sie je in einer Kunstsache befragt. Dann: ob mich Pater Zölestin eingeladen, von selbst eingeladen hat oder ob ich diese Einladung zu einer so völlig sinnlosen Arbeit erzwungen habe? Ehe ich antworten kann: »Du darfst dennoch wieder anrufen«, dann hängt sie ab.

»Ein Riesenkaleidoskop«, sage ich, wieder in der Kaplanstube. »Riesenteleskop, Riesenkaleidoskop.

Das eine holt uns ein paar Fixsterne heran, eine neue Milchstraße, eine Nova, das andere immer neue vergnügliche Bilder, jedes eine Nova, ein ganzes Jahr, ein Leben hindurch. Nur ein Supercomputer könnte die Möglichkeiten ausrechnen.« Pater Leo spürt, daß mein Gespräch schlecht gelaufen ist. »Eine echte Weiberidee, das Kaleidoskop. Jedes Bild neu, jeder Blick reines Vergnügen, jedes ein Produkt des kreativen Zufalls, der totalen Anarchie.«

Ich kann jetzt nicht streiten, auch für Eva nicht, die sicher wieder einmal ihre hochnäsigen Tage hat.

»Ein Christusfenster, ein Pantokrator!« sagt er.

Möglich ja, vielleicht die einzige Möglichkeit — kein Heiligenfenster, auch keine Edelweißmadonna, keine Dreifaltigkeit, keine Propheten. Dann aber meine Gegenfrage: Nach der Legende vom übermalten Gott sollen die Brüder der Abtei St. Kilian den letzten Pantokratormaler unserer Gegend, einen Mann aus der Mosaikschule San Marco, bei der Enthüllung des fertigen Mosaiks vom Gerüst gerissen und halbtot geprügelt, dann das gräßliche, steife, unerträgliche Christusmosaik eingemauert haben. Auf die Wand sollen sie später ein barockes Himmelfahrtsbild Mariens mit vier vollbusigen Töchtern des Patronatsherrn gepinselt haben. Kein Grund, keinen Pantokrator aus den alten Scherben zusammenzubauen. »Dieser übermalte Gott aber hat mich über ein Jahrzehnt nach dem Krieg beschäftigt. Wer im Abendland erträgt heute noch den Pantokrator, einen Christkönig? Was gelten heute noch Könige?! Der erträgliche Gott der Frauen, der liebe Christus, das Jesulein in der Krippe.«

»Kein Pantokrator, doch auf jeden Fall eine Ikone«, meint der Pater. »Die erstarrte Kunst der Ostkirche.

Heute wird sie für uns zum Ideal. Der Westen hat die Symbolfigur individuellen, immer neuen Gestalten geopfert, im Riesenkaleidoskop der abendländischen Kunst. Immer neu, immer noch neuer, immer das noch nie Dagewesene, das Experiment, das physisch und psychisch Einmalige. Bis uns nicht nur der menschliche Mensch, auch bereits die menschliche Figur abhanden gekommen ist.«

Ich bewundere ihn, wie er jetzt gegen seine eigenen öffentlichen Gespräche, gegen die ungegenständliche, die abstrakte Kunst loslegt. Ich atme tief, fühle mich wenigstens einigermaßen gerechtfertigt, stehe auf einmal nicht mehr nur vor dem Scherbenhaufen meines Lebens.

Kein Wort seiner vielen Reden über die moderne Kunst nimmt er zurück. Nur die Ikone als Symbol kann auch Christus, kann Gott für die Kunst retten. Das einfache, das allgemein gültige Symbol, ob eine Spirale, ein Strich auf einer weißen Leinwand. Warum nicht ein modernes Rundfenster, eine riesige Spirale? »Denn Sie sind der einzige, den ich kenne, der vielleicht heute noch einen Christus entwerfen kann, was heißt entwerfen, bauen, konstruieren, die moderne Ikone aus Glasmosaik.«

Pater Zölestin tritt in unser Gespräch. Mit Bergluft vollgepumpt, selbstbewußt, selbstsicher, auch glücklich über meinen Besuch. Am Himmelfahrtstag die Volksbefragung! Erwartet werden: 85 Prozent der Einheimischen und 40 Prozent der Gäste gegen das Hotel. »Auch eine Weißenbacher Testfrage ist nicht viel gültiger als eine Gallupbefragung. Meiner Meinung nach steht es fifty-fifty. Dabei braucht sich die Behörde nach einer illegalen Testfrage überhaupt nicht zu richten. Was diese Pfarrjugend treibt! Ihr Michael ist kaum imstande, irgendwelche Konsumbürger zu schocken oder bei einem Grimmeisen die leiseste Bewußtseinsänderung herbeizuführen. Immerhin, wir werden am Himmelfahrtstag abstimmen.«

»Maria mit dem Edelweiß müßte das schändliche Hotel verhindern«, sage ich. Pater Zölestin schaut mich entgeistert an. »Ich meine aber, man sollte die Mutter Gottes bei einer so unheiligen Sache aus dem Spiel lassen.« Auch Pater Leo tut erschrocken.

»Ihre persönliche Meinung, Herr Hemmelmann«, sagt der Pfarrer. Er steht auf. »Ihre Meinung, Professor, die ich selbstverständlich achte. Nur wissen Sie zu wenig von Weißenbach, vom heutigen Weißenbach. Dabei habe ich für den Leseraum des Hotels ein Rundfenster, drei Meter Durchmesser, mit Grimmeisen besprochen: die Edelweißmadonna aus den alten Scherben. Vom Konservator bereits bewilligt. Was wollen Sie auch mit dem Haufen anfangen? Den Rest der Scherben verkaufen wir als Souvenirs, nicht nach den USA, das hat mir nur mein Kaplan angedichtet, oder Frau Heide, als Souvenir für die Besucher und Gäste, die ausgewählten Gläser in Gold, die kleineren in Silber gefaßt. Jedes Stück mit beglaubigtem Zertifikat, auch für Spender natürlich in eigenen Etuis als Anhänger, als Broschen, Briefbeschwerer. Keine Bettelei, keine Erlagscheinaktion. Der Kommerzialrat kommt für alle Kosten auf, Herr Pohlmann hat das Fenster bereits eingeplant, auch mit den für Ihre Arbeit auflaufenden Honoraren, über die wir längst hätten sprechen sollen. Doch ich habe ja täglich Ihren Besuch erwartet. Morgen bin ich oben. Ich weiß das ganze Werk in Pater Leos guten Händen und hoffe, die beiden

Herren verstehen einander. Morgen erübrige ich ein Stündlein für einen Lokalaugenschein.«

*

Marienberg, 6. August

Im Haufen, den Herr Siegfried aus dem Erdäpfelkeller heraufgetragen hat (ich darf die schweren Körbe nicht schleppen), ein zwei Hände großes noch durch Blei zusammengehaltenes Stück. Vier Gläser, entweder ein Teil der Hand der Madonna oder ein Teil des Walmaules oder bloß das Mittelstück eines Dreipasses. Waschen, weitersuchen, weiterwaschen! Auch wenn ich die Hand mit dem Edelweiß fände. Die Frage Pater Leos gestern beim Abschied geht mir nach: Wenn das Christentum humanistisch den Humanisten nicht mehr nachstehen wird, wozu brauchen wir dann noch eine Kirche, außer eben für ein Häuflein, das noch an Gnadenmittel glaubt? So war es doch gemeint, und ich habe dazu geschwiegen. Vor dieser einen Frage fällt ein Nebelvorhang vor alle Vordergründe, alle greifbaren, ja denkbaren Wirklichkeiten. Was ist die Nahostkrise dagegen, die Südafrikakrise, Öl-, Uran-, Atomkrise, Anarchisten- und Terrorkrise, die Händler- und Ausrotterkrisen von Tieren, Bäumen, Menschen, auch nur die Frage Berghotel mit Wasserrutschbahn oder Bildungsheim mit Literatenstipendiaten, die Krise der Fauland- und Pohlmannehe? Keine Aufregung, alter Knabe, sei zufrieden, daß du deine Scherben waschen und durchleuchten kannst, daß dir noch dieser kleine, vielleicht sinnlose Auftrag geblieben ist, ein paar Scherben abendländischer Schönheit und Größe inmitten der allgemeinen Barbarei zu bewahren. Nicht anders als vor dreißig Jahren mitten in Krieg und Bombenhagel. Die Barbarei ist nicht verschwunden. Die Leute spüren sie nur nicht mehr. Wen, welchen Christen ergreift die Krise der Kirche? Wer spürt das Ungeheure, Ungeheuerliche? Vielleicht dieser Pater Leo! Sein Chef Zölestin kaum. Waschen, waschen, trocknen, durchleuchten! Michael stürzt herein und legt mir die Fotokopien der drei Fenster aus seiner Sammlung von geretteten Merkwürdigkeiten vor, die ich zu seiner Verwunderung noch immer nicht besichtigt oder auch nur aus der Ferne gelobt habe. Trümmer eines alten Beichtstuhls, Engelköpfe von barocken Kerzenleuchtern, ein zerbeultes Rauchfaß ohne Ketten, einen von Mäusen zerfressenen, sonst ziemlich erhaltenen Folianten des Athenagoras (seine Bittschrift an Marc Aurel für die Christen und über die Auferstehung von den Toten in einem Band gebunden). Wer hat gerade diesen Doppelband vor Russen, frierenden Flüchtlingen gerettet? Jetzt liegt auch diese Sammlung hinter dem Nebelvorhang. Michael deponiert in Eile drei Gerüchte. Die Kasseler Doktorin ist von Frau Eva nach Wien zu einer Sommernachtsgartenparty eingeladen, die Abstimmung steht bereits nicht mehr fifty-fifty, sondern 35 zu 65 dagegen. Ich aber werde den Auftrag für ein Rundfenster »Madonna mit dem Edelweiß« annehmen. Alles nach Pater Zölestin.

»Von einer Krise der Kirche haben auch Sie noch nicht gehört.«

Michael starrt mich an und lacht. »Wenn wir alle Krisen des Pater Leo mitmachen würden, gäbe es bald kein festes Stück Land, auf dem man als junger Mensch noch stehen könnte.« Das tröstliche Wort eines jungen Christen. Mich bedrückt es.

Frau Sieglinde atemlos: Frau Dora Pohlmann hat angerufen. Ob ich sie empfangen werde, in einer sehr wichtigen Sache. Wenn ich zufällig im Dorf sei, etwa nachmittags zwischen 16 und 17 Uhr, also nach meinem Mittagsschläfchen, könnte ich gleich auch das neuaufgestellte Gipsmodell in der »Galerie« mit ihr besichtigen. Dies mit ihren Erklärungen. Ihr Mann habe noch ein paar Untersuchungen im Krankenhaus vor sich. Ich sage für den Nachmittag zu. Ob ihr Mann mich hinunterfahren soll, wenn die Frau Dora nicht den Grimmeisenchauffeur schickt, drängt Frau Sieglinde. Sicher gehe es um das Berghotel, was sei denn sonst im Augenblick wichtiger? Nicht nur für die Gemeinde Weißenbach und die Taverne, sondern um eine grundsätzliche Entscheidung mit Fernwirkung: ob der Fremdenverkehr in Österreich den Anschluß an den internationalen Standard findet oder provinziell weiterwurstelt. Und darauf kommt es nun an: Kann ein Berghotel, dazu ein Terrassenhotel überhaupt die Landschaft zerstören, wenn sie nicht ohnedies bereits durch eine uferlose Verhüttelung verunreinigt ist? Wissen diese Landschaftsschützer und Kulturapostel überhaupt, was sie gegen die drohende Arbeitslosigkeit und gegen bereits sichtbare Zahlungsbilanzdefizite vorzuschlagen haben? So fragen, so drängen die Komineks, nicht etwa weil er im Berghotel den Portierposten übernehmen wird, sie selbst die Küche. Eine kleine Belohnung für die dürren fünfzehn Jahre in der Taverne. Ich ertrage die beiden Leute schlecht. Ihre betonte Vernünftigkeit halte ich nicht länger aus. Ich werde zu Fuß ins Dorf absteigen. Ich freue mich auf den Bergabspaziergang.

Ich wähle den Abschneider an der fünften Kreuzwegstation, am SOS-Kreuz vorbei. Ein gar nicht schlechter Bronzechristus, dem man die Kunststeinquerbalken zerschlagen hat. Nun ragen die beiden unversehrten Arme in die Luft, segnend oder SOS rufend, Hilfe schreiend über das Tal hin. Herr Siegfried sieht es so. Die Legende (so etwas gibt es im Zeitalter der Massenmedien bereits nach drei Jahrzehnten), die Russen hätten auf den Christus geschossen, dabei aber nur die Querbalken zerstört, kann von Grimmeisen erfunden sein. Ich kenne diesen SOS-Christus schon seit Jänner 1945. Vor zwanzig Jahren soll auch ein Prozeß Fischerwirt gegen Grimmeisen wegen solch übler Nachrede gelaufen sein, der aber dann einvernehmlich eingestellt wurde. Ich würde diesen Gott um Hilfe bestürmenden Christus als Riesenfigur auf die Kuppe des Marienberges setzen, auch über das Terrassenhotel, auch als aktuelle Sensation. Ein Glasmaler kann mit einer Figur leider wenig anfangen.

Frau Dora erwartet mich in der Kanzlei der Galerie. Sie kommt mir größer vor als am ersten Abend in der Forellenbar, aber auch stärker und knochiger, eine fast männliche Frau neben der fülligen Sexbombe Heide und der mädchenhaften, sieggewohnten Eva. Eine blendende Geschäftsführerin, bei der man sicher sein kann, daß ihre Korrektheit weder durch weibliche Voreingenommenheit noch durch erotische Abenteuer gestört werden kann.

»Par renommee sind wir ja bereits bekannt«, sagt sie.

»Ich weiß nur um Ihren Ruf als einer blendenden Geschäftsführerin und daß das Büro eigentlich Pohlmann und Frau heißen müßte.« Wieder eines meiner schlechtgelungenen Komplimente. Ich ärgere mich.

»Mit der Tüchtigkeit meiner Freundin Eva kann ich mich nicht vergleichen. Sie versteht es noch, neben ihrer

Riesenarbeit als Hausfrau, Gattin, Mutter, Schwiegermutter und Großmutter als freier und glücklicher Mensch zu leben.«

Sie wird ja doch nur über ihren unglücklichen Mann mit mir sprechen, denk ich und ärgere mich, daß ich zugesagt habe.

In der Galerie dann hält sie sich noch zurück. Zwischen Zeichnungen, Aquarellen, Pastellbildern und Ölschinken der Stipendiaten, darunter auf den ersten Blick mindestens sechs Variationen meines Lieblingsmotivs, aber mit diversen Rehen, Hirschen, Gemsen angereichert, eine ausgezeichnete Nachbildung des SOS-Christus in Bronze und drei Grimmeisen-Gipsbüsten, das wieder geleimte Terrassenhotel, wie es allein dasteht, einer grünen Bergkuppe angepaßt, bestimmt eine der phantasievolleren Schöpfungen unserer geistlosen Glasbetonarchitekten. Ich halte mit meinem Lob auch nicht zurück.

Sie darauf: »Schade, daß wir uns auch nie im Hause Fauland getroffen haben, nicht einmal beim Heurigen! Vom Tode Ihrer Frau hat uns Eva berichtet. Eine Frau, die kein Verhältnis zum Tode hat, unsere Eva.«

»Ob freilich ohne dieses Verhältnis ein echtes Leben möglich ist?« Mit Frau Dora könnte ich auch über den Tod diskutieren.

Plötzlich erbarmt mir diese Frau. »Auch zur Liebe hat Eva ein gestörtes Verhältnis.« — »Dabei sieht sie sich doch selbst als große Liebende und noch mehr als Geliebte. Das brauche ich doch Ihnen nicht zu sagen.«

Die ersten Besucher vertreiben uns aus der Galerie. In der Baukanzlei könnten wir ungestört sprechen, in ihrem Zimmer, wir wählen die Robinienallee gegen den Talschluß. Noch liegen die Sommergäste am Strand.

Bei einem Hof, an dessen Zaun ein freundlicher Esel bettelt, der Liebling aller Kinder, biegen wir ab und auf den schmalen Feldweg ein zur Bank unter einem einsamen Bildstock, weitab von den neuen Frühstückspensionen, die auf der kaum erst dränagierten Talwiese alle nach Schema A von den Arbeitern der Neuberger Stahlwerke in ihrer Freizeit gebaut werden. Um den Bildstock herum hat Pohlmann 5000 Quadratmeter Grund gekauft. Für einen Sommersitz. Vorerst hat er die drei alten wurmstichigen Holzreliefs aus dem Bildstock entfernt und durch Farbdrucke ersetzt. Hochzeit zu Kanaan, Maria unter dem Kreuz und in der Mitte eine Pieta, naives bäuerliches Barock, Ende des 18. Jahrhunderts. Zornige Briefe an den Pfarrer, anonyme Anzeigen an den Konservator, ob dieser geschäftstüchtige Wiener nicht nur den Marienberg verschandeln darf?

Vor einer Stunde hat der Primar aus Neuberg angerufen. Doras Mann wird in die Psychiatrische überstellt. Sie kann nun wählen, Graz oder Wien, auch Zürich natürlich. Keine manische, doch tiefste Depression. »Sie vergeben mir jetzt, daß ich Sie gerufen habe.« Dann bricht es aus dieser so sachlichen Frau. Ich komme kaum zu Zwischenbemerkungen. Sie sind auch überflüssig, wie alle anderen Stichworte in diesem Drama.

»Über Evas Ehe wissen Sie als Freund des Hauses Fauland wahrscheinlich besser Bescheid als ich. Mir gegenüber ist sie ja doch gehemmt, wenn ich auch weiß, daß Fritz bereits zehn Jahre vor unserer Ehe ihr Geliebter war, auch daß Fritz dann als gesuchter Manager den noch einfachen Haushalt finanziert hat, Fauland war damals noch ein kleiner Abteilungsleiter.

Das will ich alles nicht mehr so genau wissen. Verstehen Sie mich recht.

Ich klage auch nicht an! Ich bin trotzdem seine Frau geworden, in der noch immer herrschenden Meinung, daß eine Frau einen Ehegatten braucht, schon des Namens und einer eventuellen Versorgung wegen. Ich hätte weder den Gatten noch die Versorgung gebraucht.

Auch Eva führt eine Ehe, die eigentlich nicht existiert. Der Technikstudent, den sie mit siebzehn heiraten muß, auf Befehl der Mutter, der Mann, den sie nach der Geburt der Kinder einfach abschaltet, die Liaisons mit jungen und älteren Männern, kurze, längere Bindungen, die längste mit Fritz, heute nicht aufregend, abnormal schon gar nicht. Bloß, daß sich alles hinter der Fassade einer harmonischen Ehe abspielt. Auch darüber wissen Sie mehr als ich.

Geordneter Haushalt, keine Spur von einer komischen Emanzipation, vorbildliche Gattin in allen Phasen des Aufstiegs ihres Gatten, der ohne sie, ohne ihre Heiterkeit, Schönheit, Jugendlichkeit den Sprung zum Generaldirektor nie geschafft hätte ... Ihre offizielle Ehe kann gar nicht zerbrechen! Aus dem Hause Fauland ist die für jede Ehe tödliche Langeweile verbannt. Ihre wechselnden Liebschaften lassen schließlich auch den kummergewohnten Gatten munter dahinleben; der als Sexpartner ein für allemal Ausgeschaltete hat dann nur mehr die eine Angst, diese auch für ihn unentbehrliche und in ihrer Heiterkeit stets angenehme Hausgenossin könnte ihm eines Tages durch eine echte Neigung, durch jenes Ereignis, das wir noch immer Liebe nennen, wir haben kein besseres Wort dafür, abgehalftert werden.«

»Nicht die Liebe zu Ihrem Mann allein also«, sage ich.

»Auch das wissen Sie besser als ich. Sonst hätten Sie nicht ihre Neigung zu Dr. Edwin Semper in Engabrunn in der letzten Zeit so intensiv gefördert und ihr von meinem Fritz abgeraten, ja gegen ihn angekämpft.«

Gleich einem Untersuchungsrichter sitzt sie jetzt vor mir, sagt mir ins Gesicht, was sie sicher nicht von Eva haben kann, von mir schon gar nicht, was aber irgendwie stimmt. »Ja«, sage ich, »ich war gegen die Liaison mit Ihrem Mann.«

»Was Sie überhaupt nichts angeht.«

»Nicht gegen Ihren Mann, sondern für den anderen, für eine echte Liebe.«

»Evas Liebe zu Fritz war in Ihren Augen unecht?«

»Wenn ich mich auf Eva verlassen kann.«

Sie explodiert noch immer nicht. Ich begreife noch immer ihre Gekränktheit darüber nicht. Ich habe Ihnen ja doch nur einen Dienst erwiesen, denke ich, spreche es aber nicht aus. Ich weiß ja nicht, was da noch recht und unrecht ist oder überhaupt verrückt.

»Ich habe mir, lieber Professor, das ständige Schokkiertwerden bereits seit vielen Monaten abgewöhnt. Durch eine höchst einfache Formel für diesen komplexen, mehr noch komplizierten Zustand. Ihr Herz kann eine Frau nur einsetzen, sofern sie überhaupt ein Herz im attraktiven Leib hat.«

Dann in mein Schweigen hinein: »Vitale, stark sinnliche Person, eine auf legalem Weg stets unerfüllte, unerfüllbare Frau. Kühl, kalt, eitel, selbstsicher, vernünftig bis zur Torheit, eine Romantikerin, die von der großen Liebe träumt, die ihr versagt geblieben ist. In letzter Zeit verstehe ich sogar ihren Mann. Seine

Unbekümmertheit ist nur scheinbar. Bedienen auch wir beide uns einmal der Vernunft. Seine Angst, daß sie ihm davongeht, daß er die Kontaktperson, die Managerin seiner nicht mehr sicheren Firma verliert, begreife ich wirklich nicht. Wenn sie das wollte, hätte sie es längst tun können. Auf Anruf hätte sich mein Mann scheiden lassen und Eva geheiratet, ihren Bedarf an Luxus zehnfach befriedigt, ich hätte sogleich eingewilligt, ich lebe längst nur für unser Geschäft. Was soll sie mit einem kleinen Prokuristen anfangen, der ihr nicht einmal den Bruchteil bieten kann? So jung, daß die Liebe dann alles ersetzen kann, sind sie beide nicht. Ob sie beide gebraucht hätte, brauchen würde? Diesen Edwin für die sogenannte Liebe, meinen Mann als Eitelkeitsbefriediger? Schluß damit! Verzeihen Sie.«

Sie geht rasch den Feldweg zurück. Drei Schritte vor mir her. Dann auf der Straße wieder neben mir.

»Erst in Weißenbach hat sie ihn abgehängt. Auch für mich überraschend plötzlich und entschieden. Warum sie dann überhaupt unserer Einladung nach Weißenbach gefolgt ist? Ein Rest Geheimnis muß dabeisein, daß alles irgendwie noch menschlich bleibt.

So originell, so exzeptionell, wie sie tut, ist unsere Eva auch nicht. Eine Frau in der nun modern gewordenen Midlife crisis, eine Modekrankheit, die ihrer Vitalität bestimmt entgegenkommt, sie zur Katastrophe steigern könnte. Doch Katastrophen wären ja nicht sehr modern.« Dann: »Und wie vereinbaren Sie das mit Ihrer Weltanschauung? Sie brauchen mir keinen Vortrag zu halten. Wer heute mit Christen diskutiert, kann seine Wunder erleben. Ich meine nur, wenn man schon die strengen Moralgesetze nicht mehr fordert, weil sie ja ohnedies nur zur Heuchelei verführen.«

»Was ja auch wieder übertrieben ist.«

»Nein, nein. In Ihrer Ehe etwa hat es gestimmt, das weiß ich auch durch Eva, aber wenn Sie sich schon um unsere Angelegenheiten kümmern, sehr großzügig, bitte, bitte, aber immerhin und durch Ihr Alter, Professor, außer Konkurrenz gestellt. Wenn Sie auch in diesem Fall die Scherben einer gescheiterten Ehe sichten, als Fachmann sozusagen, und als Restaurator sich betätigen, was ich auch begreife, wie könnte Sie die Scherbenwäscherei allein ausfüllen, ein wunderlich gewordenes altes Original sind Sie ja doch nicht. Warum soll ich nicht mit Ihnen offen auch über meinen Mann sprechen und behaupten, es wäre vernünftiger, Eva würde ihn nicht abhängen, alles belassen, wie es sich eingefahren hat, meinen Mann wieder zu sich bringen. Es gibt auch für den Psychiater keine andere Therapie. Warum nicht? Warum, wenn ohnedies schon alles um uns herum, in uns selbst in Scherben fällt? Sie glauben doch nicht, daß Sie Eva, dieser sexuellen Anarchistin, eine gewisse Ordnung beibringen können?«

Jetzt laufe ich voran. Noch vor dem Seehof holt sie mich ein. »Jetzt glauben die Leute, wir streiten über das Berghotel und ich will Sie zu unserem Modell bekehren.«

*

Marienberg, 7. August

Heide überfällt mich beim Frühstück. Sie fährt um zwei Tage früher nach Wien. Der seit Jahren versprochene Besuch in der Villa Fauland, Besuche bei einem Weißmaler, einem Übermaler, einem Spiralenmaler, einem noch immer tätigen Fäkalaktionisten der sechziger Jahre. Frau Dora hat sie gestern breitgeschlagen, in aller Öffentlichkeit. Deshalb muß sie mich vor ihrer Fahrt sprechen. »Am Ende werden auch Sie am Himmelfahrtstag oder bei der Kommission für das Schandbauwerk sprechen, aus irgendwelchen leicht auszudenkenden Gründen.« Woher sie das alles hat? Ob Frau Dora in ihrer Verzweiflung solche Geschichten verbreitet? Warum ich mit Dora ostentativ Arm in Arm spaziert bin? Heides radikale Absage an Grimmeisen, mit dem sie erst noch gestern auf der Pfarralm geschlafen hat. Was das Schandhotel mit ihren Schäferstunden überhaupt zu tun hat? Zwei völlig verschiedene Dinge bei jeder Frau, auch bei Eva. Wohin käme sie, wenn sie bei jedem Mannsbild gleichen Geschmack, ähnliche Bildung, seelische Übereinstimmung suchen müßte, gar Liebe, um Himmels willen!? Ihre Ehe in Kassel ist nach zwei Jahren auseinander gegangen, ohne Krach, ohne Richter, ein halbes Jahr bevor sich der jüngere Mann, ein begabter Jungfilmer, auf der Autobahn erschlagen hat. Sie lauert zwischen ihren Fragen: »Also haben Sie doch über Eva geredet!«

»Und wenn«, sage ich, »Eva wäre es wert. Ich wäre vor dreißig Jahren ein für sie unmöglicher Mann gewesen, behauptet sie, und bin es heute wiederum. Bloß mit anderem Vorzeichen. Sie hat ihr Bewußtsein geändert, ich bin in ihren Augen ein Mensch ohne Bewußtsein, gehöre zu den nicht mehr änderbaren Alten. Was sie so daherplappert. Auch der Grund dafür ist mir in Weißenbach erst so recht klar geworden! Damals war ich auf Scherben angesetzt und bin es heut wiederum. Scherben! Da gibt es Scherbenabräumer und Vertilger und einzelne, die sich liebevoll um jedes Scherbchen kümmern, wenn es nur antik ist, die nur glücklich sind, wenn sie mit Scherben hantieren, Scherben entdecken, ganze Scherbenhaufen aufstöbern.«

»Damals ist Ihnen diese Lotte Wild nachgerannt«, sagt sie. »Sie aber hatten nur Scherben im Schädel.«

»War es unmenschlich«, sage ich, »unmännlich gar? Bin ich mitschuldig an diesem Selbstmord, allein der Schuldige?«

»Damals hätten Sie einen Ehebruch nicht verkraftet«, sie starrt mich an. Unter dem Wort »verkraftet« zucke ich zusammen. Was ist das für eine unmögliche Frau? »Wir waren beide zu gläubig. Sie als Christ, ich als Hitlermädchen. Jeder von uns einer Ordnung verpflichtet, die wir nach dreißig Jahren nicht mehr begreifen.«

»Vergleichen kann man beides doch nicht!«

Zum erstenmal bleibt sie ernst.

Ich begleite sie zum Wagen. Michael erwartet mich unter der Brunnenföhre, und wir ziehen uns in die Scherbenküche zurück. Er zum Zerplatzen aufgeregt. Seine Kollegen rebellieren, die Gegner des Berghotels sind verunsichert. Die Frau des versoffenen Pohlmann, diese Kanaille, hat mich als Zeugen für die Möglichkeit dieses Schandbaus eingeschworen. Länger als anderthalb Stunden mitten auf der Wiese beim Urlaubskreuz, dessen holzgeschnitzte Bilder dieser Pohlmann gestohlen hat, auf eigenem Grund und Boden sozusagen. Pater Zölestin hat Frau Dora bereits gratuliert und freut sich, daß die tüchtige Frau allein der Kommission entgegentreten wird. Ich muß das Schandprojekt öffentlich verurteilen! Für den Neuberger Anzeiger ist es zu spät, auch für eine Versammlung. Man darf die Leute auch nicht überspannen, vor allem nicht die Sommergäste, auf die übrigens kein Verlaß ist. Bei der

Kommissionierung werden zwei Radio- und ein Fernsehreporter arbeiten. Das hat Grimmeisen erreicht. Am Himmelfahrtsvortag und -morgen nur ein Radiomann, dritte Garnitur aus Graz. Gegen unnötige Blödeleien bin ich allergisch.

Michael weiß mehr: Dieser F. M., kleiner Kunstkritiker, Allroundkritiker einer hessischen Provinzzeitung heißt Fritz Merswein und zieht über mich los, wo immer er Hörer findet. Er will mit mir ihn, Michael, treffen. Mersweins letzter Vorschlag, den er auch vor dem Reporter ausbreiten wird: man schaufle den Scherbenhaufen in Säcke und versenke diese in der Mitte des Sees. In der Tiefe von 32 Metern schaden sie nicht einmal den Forellen.

Ob er auch das neueste Gerücht über mich erfunden hat? Michael will nicht ungerecht sein, auch nicht gegen diese arrogante Wanze. Ich will es nicht hören. Dann aber trifft es mich doch. Ich soll als eifersüchtiger Verehrer Frau Eva nachgefahren sein. Die ganze Scherbengeschichte sei ein von mir aufgegriffener Vorwand.

Ob ich dann ganz allein für mich beschwören kann, daß ich ihr nicht nachgefahren bin, nicht als Spion im Auftrag des Gatten, nicht als sogenannter Verehrer? Schon ihr Name entrückt alles, was da um mich geschieht, hinter einen Nebelvorhang.

*

Mich hat Eva nicht eingeladen. Sie weiß, daß ich die Festivitäten im Hause Fauland nicht leiden mag. Die Mehrzahl der Gäste nicht, Fauland nicht, wie er seine ebenso tüchtige wie heitere Eva auf den Sockel stellt, sie selbst nicht, weil sie diese ganze Angeberei genießt und triebhaft mitmacht. Fünf Industrielle (zwei aus der Branche) haben zugesagt, der Generaldirektor des Vitaverlages, dieses Superekel, Baron Ferstl, Großgrundbesitzer und Herr einer Glasbläserei, Freiherr von Cavazuccherina, der Ordinarius für Physik und zwei Dozenten der Technischen Universität, Chirurg Dr. Munter, der Fauland den Blinddarm herausgeschnitten hat, der Direktor der Hausbank, der netteste unter allen, diesmal auch Dr. Edwin Semper, Betriebsleiter aus Engabrunn. Eva will nicht, daß ich mit ihrem nun tatsächlich echten Liebhaber zusammenkomme. Interessiert hätte er mich. Alle mit Damen, bis auf Dr. Semper.

*

Ein Zwanzigminutengespräch aus Wien mit Heide. Eva läßt mich sehr herzlich grüßen, beschwört mich aber, Dora am Himmelfahrtstag beizustehen, meine altersbedingte Abneigung gegen das moderne Terrassenhotel zurückzustellen, meine private Sache mit Grimmeisen ruhen zu lassen und über meinem Scherbenhaufen nicht die Gegenwart zu vergessen. »Keine Schwierigkeit für einen nicht verbohrten Künstler.« Eva hat, nach Heide, auf Doras flehende Bitten den kranken Pohlmann in der Klinik besucht, er wird in zwei Wochen aus der Psychiatrie entlassen werden. Evas unnachahmliche Selbstsicherheit und die daraus resultierende unzerstörbare Heiterkeit könnte auch gegen schwierigere Depressionen eingesetzt werden. Frau Dora soll sich bereits beruhigt haben. »Frauen reiferen Alters sollen nicht um den einen Mann raufen, sondern einander gegen die Männer beistehen.« Heide merkt am Telefon, daß ich soviel Banalität nicht hören kann, ohne zu knurren, und beendet das Gespräch mit einer Sensation. Sie hat die einzig mögliche Lösung für unser aller Scherbenproblem gefunden, sie wird sie mir aber erst nach ihrer Rückkehr und unter vier Augen verraten.

Nach dem ellenlangen Gespräch und bereits aufgeregt wie Kinder, werfen die beiden Komineks die neue Nummer des »Neuberger Wochenblattes« auf den Tisch. Über die ganze erste Seite ein Phantombild des Terrassenhotels, zehn terrassenartige Stockwerke auf die Kuppe hingeknallt, schon als Karikatur eine gigantische Scheußlichkeit, unter dem Balkentitel: »Sanatorium Größenwahn.« Herr Siegfried ist fassungslos, die Neuberger Zeitung gehört dem gleichen Wirtschaftsverband, dem Herr Grimmeisen als Vizepräsident mitvorsitzt. Eine Niederträchtigkeit der Redaktion, die auch durch den Text nicht gemildert wird. Da steht schwarz auf weiß mit fetten Zwischentiteln, Architekt Pohlmann habe, als Avantgardist und unter Berufung auf längst international widerlegte Formeln des großen Corbusier, den von einer Kasseler Avantgardistin vorpräparierten Kommerzialrat Grimmeisen hineingelegt. Daß er bereits auf der Psychiatrischen Klinik in Wien liege, erleichtere den für den 15. August, den Himmelfahrts-Kirchtag, zur Befragung aufgerufenen Weißenbergern und Sommergästen die Entscheidung.

Grimmeisen wird klagen. Vorerst nur auf »Sanatorium Größenwahn«. Kominek bezweifelt, daß es zu einer Verhandlung kommen wird. Auf jeden Fall ist die Abstimmung am 15. August und die folgende kommissionelle Entscheidung in Gefahr. Wer alles hat eine alte Rechnung mit dem Kommerzialrat zu begleichen?

Beide Komineks bezweifeln, daß gegen den Kommerzialrat wegen irgendwelcher Vorkommnisse während des Krieges Klage erhoben werden könnte. Nicht einmal nach dem »perversen Kriegsverbrechergesetz«. Die beiden Komineks fürchten jetzt auch um ihre Taverne. »Sie allein können es verhindern, Professor, Ihre Ehrenerklärung für Sepp Grimmeisen! Ob Sie mit dem Hotel einverstanden sind oder nicht, hier geht es um eine moralische Entscheidung.«

*

Michael hat mir am Abend vorher bei einem Huschhuschbesuch das neueste Kassettengerät geschenkt. Für alle Fälle! »Sie werden es in den nächsten Tagen brauchen, Professor.«

»Ein Recorder«, sage ich, »würde mein Gedächtnis nur stören wie ein Opernglas die Größe einer Szene zerlegt. Aus dem Jahr 45 habe ich überdies kaum eine Gedächtnislücke.«

»Keine einzige Stunde, keinen einzigen Tag?!«

»Leider«, sage ich, »ich würde gerne noch mehr vergessen.« Beim Mittagessen (wieder die herrliche Schwammerlsoße und Knödel) steht dann das Gerät auf dem Tisch.

Das Gespräch mit den Komineks ist auch nicht so uninteressant, daß man es sogleich wieder vergessen müßte.

»Keine Angst, ich werde eine Ehrenerklärung abgeben«, sage ich. »Nur weiß ich wirklich noch nicht, welche von zweien. Ich werde erklären: ›Sanatorium Größenwahn‹? Eine infame Beleidigung für das sauberste, modernste, mit allem Komfort ausgestattete, der Marienbergkuppe großartig angeschmiegte, arbeitsbeschaffende, fremdenverkehrsfördernde, das Nationalprodukt vermehrende Bauwerk moderner Alpinarchitektur. Die Klosterruine, diese Schande der Weißenbacher Kulturlandschaft, wird durch das neue Hotel endlich einem kongenialen Spiegelbild der großartigen barocken Gebirgslandschaft weichen und den von tausend berühmten Malern in Öl, Aquarell, Tempera, Pastell, Holzschnitt, Radierung, Filzstift bisher noch kaum richtig gesehenen weltberühmten Weißenberger Talschluß und damit diese einmalige Landschaft einmalig interpretieren. Oder«, ich schnappe hörbar nach Luft, »oder ich verlese vor dem Seehof eine Erklärung, verteile sie allem Volk: Ich bezeuge, daß die Mönche von Marienberg keinen besseren Verwalter im Dritten Reich finden konnten als den jungen Sepp Grimmeisen, den Lieblingskammerdiener des letzten Priors P. Wulfila. Er hat die noch vorhandenen beiden Patres vor dem Konzentrationslager, wenn nicht vor dem Fallbeil bewahrt, da er die zehn Gewehre Mannlicher 95 und die beiden Maschinengewehre System Schwarzlose der Gestapo verraten hat, ehe sie mißbraucht werden konnten, und dies mit Hilfe seiner ersten Gattin. Sein strenges, doch geniales Regiment hat Plünderer und Zerstörer ferngehalten und für eine innere Ordnung gesorgt. Daß seine Sekretärin, die Studentin der Kunstgeschichte Lotte Wild, diese Ordnung nicht ertragen und den Freitod gesucht hat, ich kann es bezeugen.«

»Stellen Sie das Ding da ab«, schreit Frau Sieglinde. Sie greift auch darnach, ich entwinde es ihrer Hand. »Das müssen Sie doch nicht ruinieren«, sage ich, auch für mich selbst erstaunlich gelassen.

»Wünschen Sie die erste oder die zweite Erklärung? Beide artikulieren meine Überzeugung. Wollten Sie nicht genau das hören? Ich kann meine Ausführungen auch in Neuberg drucken lassen und verteilen oder am Gemeindeamt anschlagen. Die erste also? Natürlich!«

Die Antwort hat das Gerät verschluckt.

»Leider kann ich nur die zweite anbieten.« Die beiden reagieren jetzt nicht einmal mehr.

Oder eine dritte Version, die ich drucken lassen könnte. »Was an der Weißenberger Landschaft mit dem Sanatorium Größenwahn verbrochen wird, geht mir näher als alles, was Herr Grimmeisen als Ortsgruppenleiter auf dem Marienberg angestellt hat, die von seiner ersten Frau in das Kloster geschmuggelten Waffen und was immer damit begonnen hat. Mich wundert bloß, daß er später nicht die alten Scherben vergraben oder in den See versenkt hat. Ich wäre nach dreißig Jahren nicht nach Weißenbach gerufen worden.«

»Nein, nein, nein«, schreit Siegfried nach einem tiefen Seufzer, »jetzt tun Sie dem Chef wirklich unrecht.«

»Soll ich den Herrn Kommerzialrat, Präsidenten, Vizepräsidenten, Aufsichtsrat, Hoteldirektor vielleicht noch um Verzeihung bitten?«

*

Marienberg, 8. August

Frau Sieglinde beim Frühstück: »Gestern sind Sie explodiert.«

»Bei einem Sanatorium Größenwahn soll man vielleicht demütig schweigen?« Sie äugt nach dem Ding. Ich lasse es ruhn. Sie traut mir nicht, ich stecke es unter die Bettdecke.

»Wir sind ja auch keine Barbaren«, sagt sie, »doch heut geht es um wenigstens achtzig neue Arbeitsplätze, erstklassiges Hotelpersonal, um den Weißenbacher Fremdenverkehr, um dreihundertfünfzig bereits vorgemerkte Bundesdeutsche, Franzosen, Schweden, Amerikaner, die wir nicht enttäuschen dürfen.«

»Um das Bruttonationalprodukt«, ergänze ich, »um die bessere Devisenbilanz, um Portier und Chefköchin, wenn nicht Empfangsdame, die beiden wichtigsten Posten.«

Frau Doras Anruf unterbricht das Frühstück. In der Scherbenküche wartet, erwartet mich Kommerzialrat Grimmeisen, »Präsident« betont sie. Ich hole das Ding wieder unter der Bettdecke hervor.

Er bewundert die rubinroten Scherben auf der Lichtkiste, meint, das könne heutzutage nicht mehr erzeugt werden, die Rezepte seien verloren. Was sich die Leute so unter Glasmalerei vorstellen. Ein aufmerksamer Zuhörer, einer, der glücklich ist, diesen Hemmelmann nun entdeckt zu haben, zu beschäftigen, zu loben, als alten Meister zu feiern.

Das kleine Magnetophon bewundert er. »Daß die Wahrheit nicht durch Buben verzerrt werde, daß auch ganz gescheite Senioren und Seniorinnen erfahren, daß sich Lotte Wild nicht meinetwegen vor den Augen meiner kranken Frau erhängt, nachdem ich sie vergewaltigt habe, natürlich.«

»Weil sie Ihre Todesurteile nicht tippen wollte«, sage ich.

Er blickt auf, dann lacht er heraus. »Todesurteile, allerhand! Todesurteile! Zeigen Sie mir eins, 100.000 Schilling bezahle ich für ein Stück.«

»Das meine habe ich zerrissen und verbrannt.«

»Schade, sehr schade.« Sogar das Ding verzeichnet sein Grinsen. »Dumm war ich schon damals nicht über das erlaubte Maß eines HJ-Jungen hinaus. Ich hätte also knapp vor den Russen, vor meiner Flucht, Todesurteile diktiert, am letzten Tag, in der letzten Stunde des Dritten Reichs, und liegen gelassen zum Gebrauch der einrückenden Russen oder Amerikaner oder des Weißenberger Inspektors oder eines gewissen Hemmelmann.«

Dann: »Bringen Sie mir ein Exemplar dieser ominösen Todesurteile! Und ich mache für Sie, was immer Sie von mir fordern. Ich verzeih Ihnen sogar Ihre Abneigung, Ihren Kampf gegen das Berghotel.« Pause, in der es nur kracht. »Heide ist mit mir geflohen, bis zum See, dann ist sie mit einem deutschen Militär-Lkw nach Neuberg gefahren. Mein Weib hat die Lähmung als Strafe Gottes angesehen für die ins Kloster geschmuggelten Maschinengewehre. Sogar an die Vorsehung hat sie geglaubt, so vernarrt war sie in den Hitler.«

»Und wenn? Ich hätte nur meine Pflicht getan, wie hunderttausend andere und ein paar Saboteure umgelegt. Stellen Sie sich vor, wir hätten im Dritten Reich die Narren, Saboteure, die kriminellen Intellektuellen so sehr gehätschelt wie heute die Herren Studenten.«

»Und? — Vielleicht hätten Sie sich auch manche heutige Verwirrung erspart«, sage ich, »doch ich hätte Sie wirklich von mir aus nicht daran erinnert. Nicht, weil wir endlich vergessen oder auch nur Schluß machen sollten, wie es Ihre alten Parteigenossen fordern, sondern weil uns dann kaum mehr Zeit bleibt, die heutigen Tyrannen, Gewaltverbrecher und Saboteure auch nur aufzuspüren. Freilich muß man die gestrigen kennen oder wenigstens im Gedächtnis haben, um die heutigen entlarven zu können, gar erst die von morgen und übermorgen.«

»Die jungen Leute wissen nichts mehr von gestern und unterliegen nun jedem Krakeeler, Flausenmacher und Sloganfabrikanten, die linken und die rechten.« Michael meint er. Er schenkt nach. Schon spielt er den Hausherrn. Ich aber kann mir eine Frage nicht verkneifen. Woher hatte dieser Grimmeisen das viele Geld, das Startgeld nach dem Krieg?

Er schenkt noch einmal nach und stellt das Ding ab. Wenn es ums Geld geht, wird's gefährlich, denk ich. »Gut«, sagt er, »nach dem Prozeß, den der Fischerwirt bereits vor fünfzehn Jahren gegen mich verloren hat, interessiert das die Weißenbacher nicht mehr, nicht einmal die alte Stroblin, diese ausgedörrte Kanaille.«

Das Erbe seiner zweiten Frau im Ausseerland. Ihren Mann hat die SS auf der Flucht erschossen. Die Heirat daher eine Art Wiedergutmachung. Zufrieden? Er lacht. Keine Kinder. Das Haus verkauft und nach dem Abzug der Russen im Herbst 1945 durch einen Strohmann das kleine Wirtshaus am See gekauft. Jetzt liegt auch die Klara nach einer Fehlgeburt gelähmt im Bett. Sie empfindet die Krankheit nicht mehr als Strafe. »Seit wir solche Sachen nicht mehr als Strafe Gottes nehmen, leben wir angenehmer. Oder nicht? Sind Sie wirklich noch einer von den Alten, die nach dem Katechismus leben, wie die Stroblin sagt und der Michael es uns vorexerziert, wenn ihm dieses Meerschwein auch seine Braut entführt und entjungfert. Ehrlich, ich bewundere den Kirchenmaler Hemmelmann, den alten Katholen, wenn er mit der Kommerzialrätin befreundet ist und nicht nur so nebenbei, wie die Fama geht, als zwölfter oder dreizehnter Verehrer.«

Jetzt stelle ich das Ding ab. »Falsche Gerüchte soll man nicht auf Tonband festhalten«, sage ich, »oder bloß um sie vergleichsweise wissenschaftlich zu entlarven.«

Er aber ist voll in Fahrt. »Eine Kühnheit, eine herrliche, ja befreiende Kühnheit für einen Katholen, daß er diese Eva, diese attraktive Dame mit ihren zahllosen Liebhabern nicht verdammt, sondern verteidigt.« Woher er das weiß!? »Das weiß ganz Weißenbach, wie sich auch ganz Weißenbach über Sie gewundert hat vom ersten Abend in der Forellenbar an. Wenn ich mit Heide schlafe, ist das kein Ehebruch. Mit meiner gelähmten Frau kann ich nicht mehr schlafen, und ein Mönch bin ich auch nicht, weder Asket noch impotent. Wenn diese Kommerzialrätin mit dem Pohlmann scharmuziert und ihn in ihrem Hotelzimmer empfängt, kann ich das nicht als Ehebruch klassifizieren, da sie doch seit zwanzig oder mehr Jahren mit dem Kommerzialrat vom Bett geschieden ist. Das verheimlicht sie nicht. Auch ob sie sich mehrere Liebhaber hält, weil sie mehrere Männer braucht, ist ihre Sache, höchstens noch die ihres Gatten, der ja ein Renommee zu verteidigen hat. Bitte. Daß sie aber zu diesem Pohlmann nach Weißenbach fährt, sich vor den Augen seiner Frau mit dem Schamster herumtreibt — ja warum eigentlich nicht? Sie hält es doch schon seit zehn und mehr Jahren mit ihm, und der Pohlmann hat ihr das Gartenhaus gebaut...« Ich höre nur und denke, ja was denke ich, wo ich schon beim Anschauen, Zuschauen schwindlig werde. »Daß man mir die Heide aus Kassel nicht vorhalten kann noch irgendeine Geschichte mit irgendeinem Weib, auch nicht das Sanatorium Größenwahn, noch daß ich mich vor dieser schönen Lichtkiste und den edlen gotischen Scherben frage: Wozu will der gute Professor ein Jahr, vielleicht mehr, an diese Scherben setzen, wo so viele und häßliche Scherben in der Welt herumliegen und auch die Kirche beim Abräumen dieser Scherben längst versagt hat und weiter versagt. Auch als Demokrat müssen Sie mir recht geben. Ich denke aber (er hat wieder den Knopf gedrückt), seit unserer ersten Begegnung habe ich gelernt, daß es mit der reinen Diktatur Essig ist, aber auch Sie mußten sehen, daß die schlechteste Demokratie nicht immer besser ist als die beste Diktatur. Die Nazidiktatur war sicher nicht die beste, denk ich. Mein Gott, daß man sich in diesem Kaff endlich einmal aussprechen kann.«

Diesmal schenke ich nach. »Akademischer Maler a. D. Warum verbrennen Sie diese dummen, überflüssigen Visitkarten nicht wie das Todesurteil? Frau Eva hat mir davon erzählt in ihrer Begeisterung, daß Sie nun Stoffmuster entwerfen. Sie werden auch keine Stoffmuster entwerfen, sondern die Scheiben für das Sanatorium Größenwahn, ein Riesenfresko für den Diskussionssaal: ›Sieg der Vernunft über die Anarchie.‹ Das Thema, das ich seit Jahren suche. Jetzt steht es vor meinem geistigen Auge.«

»Haben Sie ein geistiges Auge?« frage ich. Er stutzt, dann prustet er heraus, verschluckt sich und ist nur durch einen neuen kräftigen Schluck zu retten. »Oder ist es nicht Anarchie, was unsere älteren Weiber heute treiben?«

»Und die noch älteren Männer?« Aber dann beutelt es mich. Er lallt nur mehr, läuft rot an, und ich habe Angst, daß den feisten, tostigen Bären der Schlag trifft.

Marienberg, 9. August

Für elf Uhr ist Pater Leo angesagt.

Ich werfe mich nach dem Frühstück aufs Bett. Einen alten Diwan müßte es doch noch in dieser Halbruine geben. An diesem strahlenden Tag in mir dieser schreckliche Nebel! Frau Sieglinde will aufräumen und fragt, ob sie den Medizinalrat rufen soll.

Weder Arzt noch aufräumen! Vor dem Aufräumen ekelt mich jetzt mehr als vor Ärzten und besorgten Wirtinnen. Die Arbeit an den Scherben, »die Frage: ›Wohin mit den Scherben‹, manipuliert Ihr Selbstverständnis«, würde der Pater sagen, als sei das Aufräumen in unserer gegenwärtigen Welt allein noch wichtig.

Pater Leo soll zum Essen in der Taverne bleiben. Sein Lieblingsmenü: Eierschwammerl, nachher Kirschenstrudel. Um 11.30 Uhr, knapp vor dem Essen, stürzt Michael herein. Pater Leo wartet auf mich in Unterweißenbach beim Schmierl... Schmierl Franz, Michaels Freund, seit zwei Jahren Finanzbeamter in Neuberg und Besitzer einer mit eigenen Händen erbauten Frühstückspension. Der Wolkenbruch und die knapp am Haus vorbeitobende Mure hat die hannoveranischen Gäste vertrieben. Michael nennt das Haus Schmierl den einzigen Ort, an dem man noch ungestört sprechen kann. Franz, sein Vorgänger in der Pfarrjugend, mobilisiert auch in Neuberg alle erreichbaren und ansprechbaren Leute gegen das Sanatorium Größenwahn. Vielleicht hat Franz den Artikel geschrieben.

Eine wunderbare christliche Familie. Seine Frau Hermine hat er gegen den Willen seiner alten Eltern samt ihrem unehelichen Kind (aus einem Sommerverhältnis mit einem deutschen Feriengast in Priesnitz) geheiratet und hält es wie seinen eigenen kleinen zweijährigen Buben. Manchmal, und wenn er an Hanni denkt (wann denkt er nicht an Hanni?), weiß Michael selbst nicht mehr, was er will und darf und ob er recht gehandelt hat, wenn er seine Hanni nicht als Mann genommen und einem Merswein in die Arme getrieben hat, und ob überhaupt in der heutigen Welt noch irgendwo eine sogenannte feste, auch sexuelle Ordnung möglich, auffindbar, an Beispielen absehbar ist, sein kann. Dann hält er sich an die Familie Schmierl. Vor hundert Jahren hätten sie eine uneheliche Mutter noch verstoßen, wenn auch nicht mehr gesteinigt oder wie eine Katze ertränkt, vor fünfzehn Jahren ein christliches Mädchen aus der Gemeinschaft gedrängt, selbst die eheliche Liebe, sobald sie nicht mehr der Zeugung diente, angeprangert. Ist mit dem Konzil ein Zeitalter der Liebe, der nicht mehr verachteten irdischen Liebe angebrochen oder die große Abwertung, nicht einmal Umwertung aller Werte, aller Regeln, die dem Egoismus und der reinen Vergnügungssucht entgegenstehen? Seit gestern zweifelt er auch am Verstand der kirchlichen Oberen. Noch während der Fahrt die Sensation: »Pater Leo wird versetzt. Hat Grimmeisen diese Versetzung, besser Abberufung, durchgesetzt? Dann wird das Sanatorium Größenwahn gebaut werden, wie immer die Abstimmung ausgeht. Dann bleibt uns nur mehr . . .«

Er bricht ab, ich schaue zu sehr, zu neugierig nach der Landschaft, nach den wechselnden Wald- und Felskulissen, den Hütten, den Forellenfischern, deren Wagen an der Straße geparkt sind.

Daß ich mein kleines Skizzenbuch und das Ding vergessen habe, ärgert mich. So sehr reizt mich ein verfallenes Straßenwärterhaus. Wobei ich als Zeichner doch gar nicht so sehr auf Ruinen versessen bin. Michael erbarmt mir, wie er sich erst jetzt mit dem sechsten Gebot herumschlägt. Nach einer scharfen Biegung die Mure, die neue Notbrücke, neben der Brücke ein Gasthaus »Zimmstein«, das seine echt steirischen Speisen anpreist, eine Greißlerei mit Postablage und ein Schuhladen. Am rechten Ufer ein zweistöckiger, wohlproportionierter Gasthof »Edelweiß« mit Autobusstation davor und einem bereits mit schmausenden Sommergästen und tollenden Kindern vollbesetzten Garten, dahinter mehr gegen die Mure zu von den zersplitterten Holz- und getürmten Steinblökken halb verdeckt, die Frühstückspension. Auf den Wiesen flußabwärts ein paar Kornmandl und viele Heuschober.

Pater Leo wirft das Buch auf den Verandatisch, steht auch schon in der Tür und bittet uns in den Freizeitraum, »Kulturraum«, mit einem Fernsehapparat und Alpenblumenaquarellen des Hausherrn und ein paar Büchern.

Wir sind natürlich zum Mittagessen eingeladen, gebratene Forellen, gestern vom Hausherrn gefangen. Wir sind noch zu dritt. Die alten Pensionsgäste sind fort, die neu vorgemerkten haben aus Angst vor neuen Muren abgeschrieben. Als ob eine Mure je an das hoch über dem Wildbach stehende Haus herankäme. Die letzte Mure haben die Ingenieure der Wildbachverbauung auf dem Gewissen.

»Sie werden deshalb die alte naturgegebene Ordnung nicht wiederherstellen«, sagt der Pater, »wer tut das heute schon, wenn er einen Unsinn gemacht hat?«

Dann ohne Übergang: »Ich bin nach Großradlberg versetzt. Kein Grund zu Protesten, weder für mich noch für euch. Mein Vorgänger ist vor einem halben Jahr gestorben, vor einem halben Jahr.«

Warum man Großradlberg ein halbes Jahr verwaist gelassen hat?

»Ich werde am 16. übersiedeln, also nach der Abstimmung. Gleichfalls in Ordnung. Als Pfarrer werde ich ausgelastet sein. Keine Zeit für Kunst und Kunstgespräche, nicht einmal für Scherben, völlig in Ordnung, meine Lieben. Auch in Weißenbach hätte ich dem ganzen Kunstwirbel abgeschworen.« Er holt ein Ding aus der weißen Kutte. Auch ihm hat es Michael geschenkt. Noch kommt er nicht zurecht. Michael drückt die Knöpfe für die Aufnahme. »Ich hätte es bei all den Kunstgesprächen haben müssen. Das hätte meinen Verzicht auf eine weitere Beschäftigung mit Kunst beschleunigt. Jetzt werde ich mit diesem Gerät eigene Überlegungen aufzeichnen, eigene Gedanken abhören, bis ich hinter die Geheimnisse der Herren Maler komme. Jedem Intellektuellen sein Meditiergerät! Gesegnet sei die Elektronik!«

»Ein glücklicher Mensch, der auf die Kunst verzichten kann«, sage ich.

»Glücklich, wer noch naiv glauben kann.«

Er spricht diesen Satz nach einer unheimlichen Pause. Dann: »Nur die formale, aber restlose Pflichterfüllung kann uns noch über all das Chaotische hinweghelfen. Dafür haben Sie doch als alter Offizier Verständnis. Das Militär war ja 1918 längst auch kein Geschäft mehr, für das Sie sich begeistern konnten, bei dem Sie mit dem Herzen dabei waren, ehe Sie frohen Herzens gestorben wären.«

»Nichts als Pflichterfüllung ein ganzes Leben lang«, sage ich. Doch mehr um irgendwie meine Stimme auch auf das derart pessimistische Meditationsband zu zaubern. Dann: »Ich werde das Ding auch als Meditationsmaschine gebrauchen, ich werde damit endlich meine Identität finden.« Das Wort von der eigenen Identität reißt ihn hoch. Ich spüre, daß er mich jetzt erst ganz ernst nimmt. »Vor ein paar Jahren hätte ich mit Ihnen, Pater, noch von Gefallenheit, Geworfenheit, Image, Bewußtseinsänderung, Existenzangst sprechen müssen. Ich habe leider stets gegen Modebegriffe gelebt.«

»Deshalb werden Sie eher mit Ihren Scherben zurechtkommen als ich mit den meinigen.«

»Mit der Krise der Kirche«, sage ich.

Michael springt auf.

Pater Leo stellt das Ding ab.

*

Waldhütte, 15. August

Nach dem Hochamt wagt Michael mit mir die Spritzfahrt nach Unterweißenbach.

Die Scherbenküche verschließe ich mit einem neuen Vorhängschloß.

Eine Stunde lang will er für seine Abstimmungshelfer unerreichbar sein. Er schätzt das Ergebnis 85 zu 15, ich lege beim Vorbeifahren am Schulhaus meine geheime Nein-Stimme dazu.

Daß ich nicht nach Wien, sondern nach Unterweißenbach, also ganze drei Kilometer ausreiße, beglücke auch Pater Leo, sagt er. Eine Flucht vor den Scherben sei unverantwortlich und für einen intelligenten Menschen auch unmöglich, vielleicht auch bloß für einen Christen, für einen nichtanarchistisch angelegten

Geist. Scherben der Kontrapunkt zur Ordnung der Welt! Wenn er philosophiert, reizt Michael mich zum Widerspruch. Irgendwie zielt er haarscharf an der Wirklichkeit vorbei, an einer Wirklichkeit, die auch ich nicht begreife. Michael, mein vom vertriebenen Pater ernannter Betreuer oder Aufpasser, auch Gefängniswärter. Wenn überhaupt einer unter den gegenwärtigen Malern, Übermalern, Dagegenmalern, akademischen, nicht malenden Malern, meint er, kann ich aus den Scherben das neue Christusbild zusammensetzen, ein phantastisches, ungeheuerliches Puzzlespiel eines alten, zeitgeprüften und aus so vielen Gefahren geretteten Mannes.

Das ist schon mehr, als man von einem gesprächigen, heute am Abstimmungstag besonders aufgepulverten Michael über drei ganze Kilometer erwarten kann. Die Schmierls, für Michael das Muster einer noch heilen Familie! Ihr Haus ober dem Wildbach vom Wald und Fels geschützt, die beiden Forellenteiche im Wiesengrund, der ertaubte Großvater Bauer, Fischzüchter, Souvenirschnitzer für den Weißenberger Kaufmann, die Großmutter sonst Köchin für die ganze Frühstückspension und Jausengäste. Tochter Hermine als Hilfe und Mutter der beiden Buben. Der Mann, der in seiner Freizeit neue Baupläne schmiedet, die Installation wartet und soeben eine Einsiedelei fertiggezimmert hat. Diese Einsiedelei, gut 20 Höhenmeter oberhalb der Frühstückspension, soll meine Fluchtburg werden. Meine Abwehrburg gegen Gerüchte, sinnlose Forderungen und Verwirrungen. Mehr ein Hobby, meint Michael, Spielerei und Angabe als Einsiedelei. Die Sommergäste wollen heute nicht noch mehr Einsamkeit, von der haben sie in ihren Wohnsilos und in

Unterweißenbach mehr als genug, sondern Unterhaltung. Eine Garage wäre wichtiger gewesen.

Ohne Telefon, Radio, Fernsehen (mein Transistor liegt auf dem Marienberg), ohne elektrisches Licht, keine Klingel (eine Übertreibung Michaels), Kerzen in Leuchtern und Laternen, ein Wasserhahn zur Entnahme aus der Hausleitung. Die Quelle liegt dreihundert Meter höher.

Ein kleiner Kachelherd, der zugleich wärmt und für ein paar Schalen Suppe oder ein Frühstück genügt, Michael ahnt nicht, wie diese Eremitage mich trifft. Der junge Schmierl hat Bedenken gegen meine Einquartierung in der Hütte. In der Pension stehen alle Zimmer leer.

In dieser phantastischen Einschicht, fühle ich, gelingt mir der Wurf, oder er gelingt überhaupt nicht.

Der größere Bub, auch die junge Frau mit den Großeltern auf dem Marienberg beim Himmelfahrtskirtag, dem ich, was sie nicht begreifen, mich entzogen habe. Der junge Schmierl findet, daß diese Art Tradition in einer Klosterruine an Irrsinn grenzt. Franz ist nach einer höheren Landwirtschaftsschule beim Neuberger Finanzamt zur Kontrolle der Grundsteuer beim herrschaftlichen Land- und Forstbesitz eingeteilt. Er ist kein Schwärmer. Als guter Mathematiker begreift er mich, stimmt aber meiner Übersiedlung in die Hütte erst zu, als ich seine Trompete als Notsignal annehme und verspreche, beim Aufziehen eines schweren Gewitters das Holzhaus zu verlassen. Die Hütte selbst ist gegen Blitz gesichert.

Dazu drückt er mir den zweiten Schlüssel für die Telefonsperre in die Hand.

Der Tisch genügt für den Skizzenblock und die Farbschachtel. Ich wärme mir den Kaffee, nehme einen Schluck Quellwasser, lege das erste Blatt zurecht und entdecke, daß mir Michael das Ding mit eingepackt hat. Sein Ding, mein Ding, ich werde die unfruchtbare, schreckliche Anlaufzeit bis zum ersten Kohlestrich überbrücken, ich werde in der Hütte mit Hilfe meines elektronischen Dings mehr meditieren, als einem heutigen Mitteleuropäer erlaubt ist.

Eva und Edwin, die Abstimmung, Fauland in den roten Ziffern, die Sommernachtsparty in Wien, Pater Leo! Warum lehne ich eine Propagandarede gegen das Hotel ab? Warum auch ein Interview mit einem Radioreporter aus Graz? Warum fliehe ich nicht nach Wien, in mein Haus in Döbling? Wo bleibt Heide mit ihrem sensationellen Vorschlag? Ich habe noch zuwenig abgeschaltet.

Kann ein älterer Mann in dieser ungewohnten, unbehaglichen Umgebung über die Möglichkeit eines Christusbildes meditieren? Ein kirchliches, ein weltliches Christusbild, als ob nicht endlich jeder Unterschied schwinden müßte? Über die Absetzung Pater Leos, dessen hypergescheite, arrogante Art über Kunst zu reden ich nicht leiden kann, der mir aber durch die Versetzung als Opfer banausischer kirchlicher Politik nun ans Herz wächst? Über die Fragen, was ist bei unserem Glauben noch Wirklichkeit und was nur schönes Gleichnis, was lebenswichtiges Symbol? Kann ich überhaupt den ersten Strich setzen, solange ich mir nicht klargeworden bin, was da noch gilt, überholt ist, die Entwicklung belastet, wie das Christentum die westliche Welt überhaupt noch retten könnte?

Ich trete in den Wald hinaus. Durch die Fichten

leuchtet plötzlich die Edelweißwand herüber. Ich will die ganze barocke Wand wieder vor mir haben. Die zersplitterten Fichten unten im Tobel, wie nach einer Lawine, kein freundlicher Wald wie in meiner Waldviertler Heimat, fremd, schreckhaft, erbarmungslos. Ich kann mit dem Wald hier noch nicht reden.

Ich werde ins Haus hinuntersteigen und Eva anrufen, Eva, Heide, Barbara Zorn, die sanfteste aller Lyrikerinnen, meinen Freund Witopil, den technischen Oberbaurat i. R., meinen Drucker Wibiral, irgendwen, irgendeine Nummer aus dem Gedächtnis! Eine Phantasienummer . . .

Das Fernsehen andrehen. Das Fernsehen abdrehen.

Heiterkeit mit dem Witzehammer ertrage ich nicht, auch nicht das Kunstgespräch über Michelangelo im Radio. Und wo steht das Buch, das mir hilft, ein Christusbild zu entwerfen, darüber wenigstens zu meditieren? Wo unter dem Lesefutter auf den beiden Regalen im Freizeitraum?

*

Ich rufe Wien an, 32 22 66. Eine fremde Stimme am Apparat, keine fremde, überhaupt keine Stimme. Ich hänge ab und bin froh, daß sich niemand gemeldet hat. In einer uralten Zeitschrift der »Barmherzigen Brüder« finde ich einen Ausschnitt aus meinem Fresko in Meilbing, ein Christuskopf aus einer Kreuzwegstation. Anonym. Ich durfte ja nicht arbeiten. Er sagt mir dennoch nichts, doch damals im Krieg, 1944, bevor ich nach Marienberg kommandiert wurde, war er in seiner byzantinischen Strenge für mich der einzige Halt. Wieso sagt er mir nichts mehr? Bin ich zu sehr gealtert, zu satt am Leben auch nach dem Tode meiner Toni, zu einsam, zu ernüchtert, zu süchtig nach einer letzten Wirklichkeit? Hat sich die Welt nun zu sehr verändert? Komme ich nicht mehr mit, wie Eva behauptet? Dabei habe ich mich stets als einen wendigen Menschen gesehen. Kein Windrad, auch kein Radfahrer, schon gar kein Konformist. Die Welt als atomisierte Gesellschaft? Die Kirche, das Konzil? Als hätte ich Jahrzehnte an der Wirklichkeit vorbeigemalt. Dann endlich den akademischen Maler a. D., gesetzt auf Visitkarte und Briefpapier, und die Stelle bei Fauland angenommen. A. D. eine snobistische Marotte. Mehr doch nicht. Über die Unmöglichkeit, ein Christusbild im herkömmlichen Stil zu zeichnen, auch nur zu meditieren! Womit aber fange ich an? Wird in der neuen Einschicht die mögliche Idee über mich kommen, wird mir jemand die rechte Hand führen, wenn ich ansetze, und die linke Hand, wenn ich das Blatt wieder zerreiße? Ist es nicht bereits Wahnsinn, den rechten Strich erpressen zu wollen oder auch nur auf eine jener Erleuchtungen zu hoffen, wie ein tibetanischer Mönch, ein europäischer Guru. Diese Kunst, diese Gnade, uns an die Wirklichkeit heranzudenken, haben wir Europäer verspielt, vertan, hochmütig und endgültig. Ich versuche wieder 32 22 66. Ich brauche nicht erst nach Eva zu fragen. Sie ist am Apparat.

*

»Grüß dich, Hans! Wie geht's in Weißenbach? 35 angemeldete Gäste zum Gartenfest, dazu mein Sohn Max mit dem Enkel, aus Paris, Schwiegertochter, wunderbare Schwiegertochter, verliebt in ihre Schwiegermutter. Lotte fabriziert exotische Sandwiches. Zwei

Kühlschränke bereits komplett. Heide hat einen ganzen Juxladen aufgekauft. Chinesische Lampions made in Germany, aufblasbare Drachen in allen Farben, drei goldfarbene. Heide begreift nicht, daß du unten bleibst bei deinen komischen Scherben. Heide versteht allerhand von Kunst, von einer Kunst sogar, die ich nicht mehr kapiere, nicht kapieren will. Die mich trübsinnig machen würde und aggressiv gegen alles, was sich Künstler nennt. Nicht gegen Maler a. D.«

»Ein Sommerfest, das beste Sommerfest, das es je gab«, denke ich. Diese Waschpulverreklame hat mich schon immer an Eva gereizt. Ich sage es aber nicht ins Telefon. Ich sage: »Du bist in deinem Element.«

Habe ich sie genug bewundert? Sie ist bewundernswert, wie sie so eine Party entwirft, organisiert, vorbereitet, leitet, Heiterkeit und Schönheit ausstrahlt, mit jeder Stunde schöner wird, jünger, liebenswerter, verliebter?

»Ja, Heide begreift nicht, daß du unten bleibst. Heide begreift überhaupt nicht. Du wirfst ihr vor, daß sie sich in dreißig Jahren gewandelt hat, extrem, von — was weiß ich, wie das in eurem Kunstjargon heißt, du aber hast dich überhaupt nicht geändert. Du bist genauso schwerfällig, so sinnierend, so unvorteilhaft, so unhöflich Damen gegenüber, auch mir, der Frau deines jetzigen Chefs.«

Ich huste.

»So frustriert. Auch Heide fühlt sich neben dir eingeengt, irgendwie verzerrt, unmöglich wie ich, ich noch ärger. Ich bin froh, wenn du nicht zu meinen Partys kommst, du beengst ja auch die anderen, du gehörst nicht in diese Gesellschaft, doch, doch, du tust wenigstens so. Wie ein Bauer benimmst du dich, der es faustdick hinter den Ohren hat und jeden Professor, jeden Generaldirektor verachtet.«

»Ich halte dich auf«, unterbreche ich. »Deine Stimme versetzt mich wieder einmal in einen unerträglichen Zustand, auch für dich, Eva, unerträglich. Ich bin ihn gewohnt und habe dich dennoch lieb, ja. Du aber...«

»Fritz ist vom Psychiater Novotny vorläufig gegen Revers gesund entlassen und wird morgen bereits nach Weißenbach fahren, mit einem bekannten Rundfunkmann. Selbst fahren lasse ich ihn nicht. Heute ist er bei uns. Dafür hat Edwin abgesagt. Er meidet Fritz auch in der Gesellschaft. Dabei sind das doch zwei ganz verschiedene Dinge, meine alte Freundschaft mit Fritz, meine große Liebe zu Edwin. Auch das begreifst du wieder einmal nicht. Du hast mich ja zu Edwin gebracht. Unsinn. An meine Fähigkeit zu einer ganz großen Liebe hast du nicht geglaubt, ungeschickt gesagt. Mir fliegen diese Termini nicht nur so zu. Am ehesten noch die psychiatrischen, wenn ich an dich denke. Gut, daß ich im Augenblick nicht eine Viertelstunde Zeit habe, an dich zu denken. Glücklich will ich sein und alle anderen glücklich machen. Das gelingt mir aber nur, wenn ich selbst glücklich bin, unbeschwert von allen gesellschaftlichen und anderen Geboten, Konventionen, Bedenken. Eine Hedonistin nennst du mich. Eine alte griechische, eine sehr gute Philosophie. Mein Lebtag habe ich mich gegen alle Philosophen, philosophisch verseuchten Männer, gegen die ganze ebenso sinn- wie nutzlose Gescheitdenkerei gewehrt. Wenn die Hedonisten Philosophen waren, Leute, die als oberstes Ziel das Glück der Menschen suchen, das eigene und damit auch das der sogenannten Nächsten, nehme ich meine Vorbehalte gegen Philosophie zurück. Verachte mich deshalb! Du liebst und verachtest mich zugleich. Weil ich nicht neben einem für mich als Mann unakzeptablen Gatten dahinwelken will, weil ich noch leben will und mein Glück als die einzige Maxime ansehe. Bin ich nicht eine glückliche Mutter, Schwiegermutter, Großmutter, führe ich nicht einen großartigen Haushalt ohne ständige Hilfe, sind nicht alle, mit denen ich zusammenkomme, von mir begeistert, auch dieses Ekel von einem Grimmeisen, auch du, lieber Hans? Auch wenn du heute gegen das Hotel gestimmt hast, schon aus Abneigung gegen Fritz. Weil ich nicht zuschauen kann, daß dieser Fritz sich besäuft und bis zum Selbstmordversuch sich steigert, nur weil du mir eingeredet hast, nur einen einzigen Mann zu lieben. Oder nicht? Daß seine Frau dich um Intervention bei mir gebeten hat, ich soll ihn doch nicht abschreiben, abstoßen. Hörst du überhaupt noch zu?«

»Ich habe Zuhören gelernt«, sage ich, »ich habe dich längst als Prediger akzeptiert.«

»Heute nicht deinen Zynismus! Heute nicht und überhaupt nie mehr.«

Sie hängt ab.

*

82 zu 18 gegen das »Sanatorium Größenwahn«.

Der kleine Bub tanzt wie ein Sieger beim ersten geschossenen Tor. Vater Schmierl fürchtet die Rache Grimmeisens. Er hat ihn mit der Steuer in der Hand. Darüber natürlich kein Wort. Vielleicht unterschiebe ich diesem braven Bürger unsittliche Überlegungen.

Ich gestehe zehn Minuten interurbanes Telefongespräch. Mutter Schmierl hat vom Himmelfahrtskirtag auf dem Marienberg türkischen Honig, wespenfreie Schaumrollen und Roßwürste mitgebracht. Natürlich nicht für mich. Ich brauche sie nicht zu verkosten.

Ich erinnere mich an meinen Vater, reserviere mir eine pralle Knackwurst und für die Nacht eine Kokoskuppel.

»Alle Leute wollten Ihre Scherben besichtigen. Siegfried hat sie abgewimmelt, obgleich er einen zweiten Schlüssel hat.«

Herr Siegfried weiß, daß das schlechte Abstimmresultat den König von Weißenbach zwingt, das Hotel auf jeden Fall und mit allen Mitteln durchzusetzen. Ich schaue mit den Schmierls noch »Zeit im Bild« und den Krimi »Tatort« an, für sie ein Beweis, daß ich im Grunde doch ein normaler Mensch bin, empfehle mich bei Frau und Kind, lasse mich vom Vater Schmierl in meine Einsiedelei führen, räume den Zeichenblock vom Tisch und schlucke ein Schlafpulver. Eine halbe Tablette.

Leider schrecke ich vor einer ganzen zurück. Auch davor, mit Eva endlich Schluß zu machen.

Ihr Telefonat steckt nicht im Ding, genügt aber für einige Tage. Wenn es nicht Zeitverschwendung ist. Ihre Welt, die Welt einer reifen, sehr reifen, schönen, sportlichen, einer oberflächlichen, eingebildeten, eitlen, egoistischen, im Grunde anarchischen Frau. Einer Frau, die sich für eine mißglückte Ehe an der Seite eines angesehenen, ihr durchaus ergebenen Mannes an Männern schadlos hält. Einer Frau, die mich erst gelehrt hat, was ein Weib und wozu ein Weib fähig ist, der mich die arme Toni anvertraut hat, lange vor ihrem Tod. Die beste, die tüchtigste, die heiterste, die eitelste Frau der Welt.

Fauland soll wirklich wackeln, Vater Schmierl hat die Nachricht aus Neuberg. Vater Schmierl sagt es so nebenher über den Tisch hin. Als korrekter Finanzbeamter weiß er, was er sagt. Ob Fauland deshalb heute das Gartenfest besonders groß zelebriert? Vater Schmierl kennt Eva zuwenig.

Dies in der Gedanken- und Bildermühle, die sich in meinem Schädel stets zwischen drei und fünf Uhr früh dreht, heute durch das Schlafpulver um eine Stunde verspätet, in einer Stunde, in der in der Faulandvilla die verbliebenen jüngeren Gäste noch tanzen, ältere Herren trunken vor sich hinstieren, andere das Loblied der Hausfrau Gastgeberin singen, auch über die dicke Heide aus Kassel, diese närrische Gretl, sich amüsieren, mit all dem Hohn und Zorn, dessen diese Wirtschaftsleute, Erfolgskaufleute, Ingenieure, Ärzte einem solchen avantgardistischen Unikum gegenüber fähig sind.

*

Nach dem Frühstück laufe ich in den Wald hinein, auf einander kreuzenden Pfaden und Holzwegen immer tiefer hinein, dann quer durch Brombeergestrüpp steil bergan, bis mein Herz mich zur Rast zwingt. Dabei fühle ich mich frischer, als ich mich nach dieser Nacht fühlen sollte, ziehe einen gesunden Herrenpilz aus dem Moos und einen kleineren, angefressenen dazu und auf der nächsten Waldlichtung ein paar Hände Eierschwammerl. Auf einmal kann ich mit dem Wald wieder reden. Ich freue mich über die Beute, die ich Frau Schmierl bringen werde, und auf die Roßwürste mit Erdäpfelschmarren und Spinat.

Heide hat bei den Komineks angerufen, dann bei mir! Sie hat mir viel vom Gartenfest zu berichten, auch einen herrlichen Vorschlag für die Scherben und einen zweiten für meinen bald sehr viel bekannteren Namen. Sie wird einen Fernsehreporter mitbringen.

Die elektronische Meditationshilfe versagt. Ich hätte das Ding an das Telefon schalten müssen. Dafür scheint es nicht gebaut zu sein. Es taugt überhaupt nicht für die Aufzeichnung von Ideen. Reporter haben heute viele technische Hilfen, Dichter haben keine, von Malern, die nicht mit Siebdruck arbeiten, rede ich erst gar nicht. Ich bin tatsächlich akademischer Maler a. D.

Überdies bin ich technisch zu ungebildet. Ich werde Michael um Rat bitten. Noch fürchte ich seine Fragen.

*

Eva hat mich gestern am Telefon auch vor Pater Leo gewarnt. Was alles habe ich nicht notiert, da es mir abends beim Kerzenlicht unwichtig schien wie eben diese Warnung vor einem halb verrückten, dabei sturen Priester. Mönche mag sie überhaupt nur bei Italien- oder Spanienreisen oder Besichtigungen großartiger nostalgischer Abteien. Ich soll mich nicht von ihm überreden lassen, gegen das Berghotel zu stimmen. Ein dummer Mensch, mit dem man überhaupt nicht reden kann, bin ich ja doch nicht. Ein Pfarrer, ein Kaplan, als Pater hat er sich auf sein Geschäft zu stürzen, alles andere geht ihn nichts an. Weder ein modernes Hotel noch ein Badesee, noch, noch, noch. Von der Kunst versteht er so viel wie von der Liebe. Das gebe auch Heide zu.

»Was weiß«, der erste Satz in das neue Heft, das mir Schmierl gebracht hat, »Eva von der Wirklichkeit? Diese kluge, überlegte, diese weit über das allen Frauen zugestandene Maß egoistische, eitle Eva, diese geborene Anarchistin.«

Diese beiden Sätze spreche ich auch in das Ding. Ich will sie mir auch draußen bei meinem Waldlauf wieder vorsprechen. Man sollte manche Gedanken, Urteile, Pläne speichern und sich im Wald wieder vorspielen. Ich habe während meiner Glasmalerei-Wanderung im Krieg diese Art technischer Ordnungshilfe oft vermißt. Ansonsten kommt man bei einer Waldwanderung leicht in ein Gedankenmahlwerk hinein, verfängt sich darin, kaut stundenlang an einer abseitigen Idee.

»Eva will glücklich sein und andere, ihre Nächsten, durch ihr eigenes Glück beglücken, an ihrem Glück direkt und indirekt teilhaben lassen.« Wer will einen Menschen tadeln, gar für minderwertig halten, weil er glücklich sein und die anderen durch seine Heiterkeit beglücken will? Wären das meine Gedanken, ich wäre tatsächlich reif für den Psychiater und müßte dann nur entscheiden, ob Freud oder H. C. Jung oder Alfred Adler oder Viktor Frankl! Ihn wünschte ich mir jetzt als Gesprächspartner. Ihn würde ich nun fragen. Was ist an einem Menschen dran, der alles für erlaubt hält, was sein Glücksgefühl steigert? Und wenn dieser eine Mensch ein wertvoller, guter Mensch ist, was geschieht in einer Welt, in der jeder Mann, jede Frau keine andere Richtschnur als die Vermehrung des eigenen Glücksgefühls kennt? Kann daraus nicht eine im Ganzen überaus glückliche Gesellschaft werden oder nackte Barbarei, ein Kampf aller gegen alle, ohne Hemmung, ohne irgendwelche, von irgendwem gesetzte Normen und Grenzen? War dieser Hedonismus wirklich die Theorie einiger griechischer Philosophen? Was ist aus ihr geworden? Warum gibt es nicht einen Neohedonismus? Was wird aus Menschen, die alles ablehnen, was über die Mode hinausgeht, also jene Gesetze, die für so viele Frauen verbindlicher sind und deren Übertretung strenger geahndet wird als irgendwelche sittlichen Gebote mit sämtlichen Paragraphen? Was fängt die menschliche Gesellschaft dann mit jenen Zeitgenossen an, für die es das höchste aller Glücksgefühle ist, andere Zeitgenossen zu erschießen, zu vergewaltigen, zu peitschen oder auch nur Frösche aufzuhängen, aus dem Fenster auf Passanten zu schießen, eine Kompanie, ein Bataillon, eine ganze Armee in den Tod zu jagen, ein paar Millionen Menschen in Gaskammern?

Ich lasse das Band zurücklaufen, wiederhole und bleibe bei Konvention und Mode hängen. Ich, der alte, der gelernte und perfekte Verächter jeder Mode. Wo heute andere Spielregeln, andere Wertmaßstäbe kaum mehr ernst genommen werden?! Wenn ich mir Eva dabei vorstelle! Das alles muß ein Irrtum sein, eine törichte, eine blödsinnige Verwechslung.

Eva ist nur glücklich, wenn sie liebt.

Das Weibchen.

Ein früherer alter Verehrer hat sie »Urweib« genannt.

Ich habe ihn leider nicht mehr gekannt.

*

Michael reißt mich aus den Gedanken an Eva. Ich danke es ihm. Wie er aus dem Wagen springt, ins Haus eilt, zu mir in die Hütte, schreitet, stelzt — ein Sieger. Die neue rotgestreifte Krawatte! Grimmeisen ist geschlagen, demokratisch, legal.

Die erste Niederlage, die dieser Diktator von

Weißenbach sich geholt hat, die schwerste. Gegen die Mehrheit kann er nicht an.

»Ein Grimmeisen kann!« sage ich.

»Nicht gegen diese massive Mehrheit.«

Michael bringt einen Abreißblock für Skizzen und Filzstifte, Farbkreiden, Pastellstifte, ein »Heft für Gedanken«, wie er sagt, ein A-Buch, Arbeitsbuch, Michael ist ein Wunsch-von-den-Augen-Ableser. Er führt mich in ein Föhren- und Buchendickicht zu Steinpilzen.

Michael hat Pater Leo in seinem Exil bereits besucht, berichtet von dem großartigen Empfang. Weiße Mädchen, Kinder mit Blumensträußen, Rosen und Feldblumen, Blasmusik, Feuerwehr, Kameradschaftsbund, der komplette Gemeinderat. Die sozialistische Minorität voran, wohl aus Protest gegen die Versetzung und aus Sympathie für den Kämpfer gegen Grimmeisen.

»Wenn einer, dann kann dieser alte Hemmelmann aus den Scherben einen neuen Christus bilden«, Pater Leos Ausspruch, und Michael lügt nicht. Kein Christus in glatter Altweiber- und Kindermanier, was ja allein schon durch die Scherben gegeben ist. Expressiv, herausfordernd. Ein Symbol, doch was für eins? Fisch, Kreuz, IHS, ein riesiges Kreuz mit den Marterwerkzeugen. Warum nicht? Können Marterwerkzeuge veralten? Die Gehirnwäsche hat noch kein Symbol. Die Alten hatten es leichter, einfacher, klassischer. Nur der Fisch sagt uns heute nichts mehr. Ein riesiges SOS wäre wirksamer. Gottessymbole! Pater Leo ist dahinter her, stöbert Folianten durch. Er platzt vor »Kreativität«. Viel Zeit haben wir nicht. Wenn Grimmeisen Schwierigkeiten macht, finde ich im Großradlberger riesigen alten Pfarrhof für meine Arbeit alles, was ich brauche.

»Ein Rundfenster«, sage ich. (Ich habe das Ding eingeschaltet.) »Ein Rundfenster ist wohl die einzige Möglichkeit für einen strengen modernen Christus, einen Scherbenchristus. Bloß die Einladung nach Großradlberg könnte ich nicht annehmen, solange nicht das Fenster auf dem Karton steht, der Umriß natürlich, die Partien des Gesichts, nicht die einzelnen Farbflecken. Sie hängen ja von den Scherben ab. Das Schöne an diesem Scherben-Dienst. Wer wagt, wer unterfängt sich heute noch? — Die Frage: Darf man außer dem Umriß eines Gesichts, der Kontur, überhaupt etwas vorzeichnen? Muß nicht das Gesicht allein aus den Scherben heraus entwickelt werden? Wird nicht jede vorgegebene Zusammenstellung zur schlichten, zur banalen Restaurierung? — Ich habe zu viele Restaurierungen hinter mich gebracht. Was kommt schon dabei heraus?«

Michael erschrickt hörbar. So trompete auch Grimmeisen meint er, auch Frau Dora, Frau Eva. Ich versuche mich (nach dem Ding) zu korrigieren. Wort um Wort, Begriff um Begriff muß man sich heute in unsere diffuse Gesellschaft einwühlen, bis man überhaupt echte Begriffe fördert, Gedankenbrocken, die halbwegs ergiebig sind. Ein falscher Griff verschüttet das Entdeckte. — »Ich habe mich weiterentwickelt, Michael, ich entwickle mich immer noch weiter! Für mich hat das unangenehme Folgen. Ich komme nicht zur Ruhe, ich stoße meine Freunde ab. Mich kann man nicht als geschnitzte Figur auf ein Brett stellen, auf ein Schachbrett mit vorgeschriebenen Zügen überhaupt nicht. — Das tägliche Leben aber wird in Wahrheit von diesen Figuren und ihren vorgegebenen Zügen bestimmt. Ich habe Angst vor vorgeschriebenen Bewegungen und verachte die nach Vorschrift verfertigten Figuren. Aus den gotischen Scherben zweier Propheten und eines Marienfensters ein neues Christusbild zu schaffen, ist keine Restaurierung, sondern ist das neue, das aus einer zerbrochenen Überlieferung gerettete daher brauchbare Neue.

Ein Symbol, ein klares, handfestes, ein für einfache Menschen und Intellektuelle wirksames Symbol, für Beter, für Betrachter, Denker, Nabelbeschauer. Ein Symbol, oder ich trete ab.«

Michael verspricht, daß er mich nicht sobald wieder stören und mit der Sache »Sanatorium Größenwahn« belästigen wird. Am 20. August fällt die Kommission die Entscheidung. Ich bezweifle es. Wir sprechen weiter nicht darüber. Gegen den massiven Volkswillen kann nicht entschieden werden, meint der Medizinalrat, der aus Wut über das Sanatorium Größenwahn gegen sein Geschäft kämpft.

Auch über Hanni sprechen wir weiter nicht. Sie ist mit diesem Fritz Merswein irgendwo an einem anderen See. Nach einem Krach mit der Stroblin. Michael wird sie, sobald er die Kommission hinter sich hat, zurückholen. Auch das steht für ihn fest.

*

Waldhütte, 17. August

Ich bin froh, daß ich nicht stundenlang allein gelassen werde. Vater Schmierl meint: »Im Haus können Sie die Besucher besser empfangen, bequemer bewirten, leichter verabschieden. Wir stören Sie nicht, wir stellen auch weder Radio noch Fernsehen an. Nicht jeder verkraftet den steilen Waldweg, in Weißenbach gilt die Hütte bereits als Liebesnest.«

Was weiß der gute Mann von meinem Zustand? Was von meiner Scheu, die Hütte ohne die ersten Skizzen zu verlassen. Eine herrliche alte Föhre steht auf dem Papier, sonst nichts. Alle haben recht, die nur Landschaften malen, die Grimmeisen-Stipendiaten, brave, zerfetzte, verschmierte, halb, ganz verrückte, eben nur Landschaften, keine Gesichter.

Was weiß der Schmierl-Vater, der brave, korrekte Finanzbeamte von meinem gestörten Malerbewußtsein? Warum verachte ich Termini wie Bewußtsein, Bewußtseinsfindung, Bewußtseinsänderung. Ich will diese Markengewürze aus der Modeküche der Psychologen nicht weiter verulken. Vielleicht werden sie doch zu Ariadnefäden durch das Labyrinth unserer durcheinander gewirbelten Seele. Seele? Ja!

Diese Unsicherheit nimmt mit dem Alter zu. In meiner Jugend war ein Künstler meines Alters so sehr mit Geist, Würde und Weisheit vollgepumpt, daß er steif dahinschritt wie Stefan George, unnahbar wie Rilke. Wenn ich mich an dessen hingesungene Vorlesung in einer Wiener Buchhandlung erinnere und wie hingerissen und überselig mein alter Freund Felix dem Wort-Zauberer gelauscht hat.

Wir geraten mit 70 Jahren in eine Phase galoppierender Unsicherheit. Nur etliche Professoren, Politiker, fast alle Kritiker, Minister, alle Atheisten erfreuen sich einer unzerstörbaren Selbstsicherheit. Der schöpferische Künstler fällt von einem Zweifel in den anderen und manchmal landet er auch an den Abgründen der Verzweiflung.

Michael bittet um Verzeihung, daß er mein Wohlbefinden stört. Als hätte ich seit der Malaria tropica in Tirana bei 41 Grad Fieber und später nach meinem Herzinfarkt je wieder dieses wohl nur regulären Menschen vorbehaltene »Wohlbefinden« genossen.

Michael reißt mich aus der Siesta, um mir einen alten Freund vorzustellen, einen Dr. Bellmann, Physiker und Assistent bei Professor Kabler, der auf der Reise nach Italien die Hanni aufsuchen wollte und nun bei der Stroblin sitzt und nicht einmal die fünf Minuten zu einer Fahrt auf den Berg oder in die Waldhütte erübrigt. Ein alter Rivale um Hanni, gewiß, seit dem Jugendkongreß in Graz vor drei Jahren, kein ernsthafter, gar bösartiger. Ein gesetzter junger vollbärtiger Mann, mit seiner intellektuellen Riesenbrille gut zehn Jahre älter als der gleichaltrige Michael, auch mit all der Überheblichkeit eines Assistenten der Physik, der selbst alle physikalischen Gesetze der Welt ausgeknobelt hat, Einstein, Heisenberg und Planck miteingeschlossen. Die Stroblin läßt aber fürs erste weder eine Begrüßung noch eine Aussprache zu. Obgleich bei der ersten Begrüßung nach dreißig Jahren ihr Raubvogel-, Kepplerin- und Betschwesterngesicht fast menschlich wird, bis auf die arg zugespitzte Nase. Ihre damals für mich von der Rationierung abgezweigten Würste, Butterpakete und die mit Todesstrafe bedrohten Mohnnudeln. Ihr Krach mit der Schlesierin, dieser »blödesten aller Nazinnen«.

Auch die Fotos mit mir und dem jungen Braunsteiner, Michaels Vater, aber auch mit dem jungen, gar nicht so üblen, nur steif angenagelten Grimmeisen vermögen sie nicht länger zurückzuhalten. Ihre Wut richtet sich aber nicht so sehr gegen das Meerschwein, das ihr die Hanni wahrscheinlich nach Afrika entführt hat oder in den Vorderen Orient, diesen getarnten Anarchisten und Mädchenhändler, auf Pater Leo geht sie los und wiederum nicht als den Gegner des konservativen Pfarrers, ihres wichtigsten und einzigen Beschützers und einer der letzten Säulen der Kirche überhaupt, auch nicht daß der Pater das Meerschwein nach Weißenbach gebracht oder wenigstens nicht davongejagt hat. Daß es solche Meerschweine gibt, ist die Schuld dieser halb verrückten, halb vom bösen Geist besessenen Priester, dieser Zerstörer der Kirche am hellichten Tag. Was sie gegen Heide Pollacek losläßt und das ganze ninivetische Weißenbach mit all den Ehebrecherinnen, klingt schwach neben der Paterbeschimpfung, die erst mit ihrem hochdramatischen Abgang in die Küche ein Ende findet.

Wir atmen auf. Zu einem Gespräch unter uns kommt es auch jetzt nicht. Soll ich mit einem Doktor und Assistenten der Physik über gotische Scherben reden? Erst beim Kaffee und bei selbstgebackenem Striezel sitzt die Stroblin wieder als das rührende weißhaarige Weiblein unter uns. Ob der Doktor nicht die neue Scherbenwerkstatt auf dem Marienberg besichtigen wird, fragt sie. Sie war nur heimlich oben und von Frau Sieglinde ausgesperrt.

»Die hat wahrscheinlich Angst, ich sabotier' Ihre Arbeit, Professor, dabei verdanken die Komineks es allein mir, auch die Weißenbacher natürlich, daß die Scherben nicht von Kindern und Dieben längst in alle Winde vertragen wurden.«

Ob ich die Stroblin länger als fünf Minuten ertragen habe? Ob Hanni nach Saudi-Arabien verschwunden ist? Selbstverständlich als Entwicklungshelferin für die diversen Harems. Warum hetzt die Alte auch derart schamlos gegen das Berghotel? Jetzt hat sie's.

Mit Bellmann, dem jungen christlichen Physiker, müßte ich über ein für uns mögliches Symbol Gottes diskutieren.

*

Weiter aus dem Meditationsheft

Sieglinde war heroben. In Weißenbach wissen die stets Eingeweihten bereits, daß ich in der Schmierlhütte hause. Das schadet meinem Ruf als seriöser Maler, behauptet sie, ich sei ja doch nur ein »Scherbenputzer«. Welcher normale Mensch setzt sich in eine einschichtige Waldhütte ohne Licht und Radio. Wenigstens einen ausgiebigen Rheumatismus, auch eine Gelenksentzündung werde ich mir holen. Sieglinde fordert den Schlüssel zur Scherbenküche. Die Leute rennen ihr die Tür ein und sind neugierig auf die alten Gläser. Soviel, daß es sich um keine Gläser handelt, die man mit irgendwelchen Farben nach mittelalterlichen Rezepten behandelt, weiß sie bereits aus meinen Tischgesprächen. Was ich tatsächlich mit den gewaschenen Scherben vorhabe, weiß sie nicht, sie wagt auch keine eigene Meinung. Mit Michael aber ist seit der Abstimmung nicht zu reden, auch für die kleine Hanni war er bereits unerträglich. Die Leute rümpfen die Nase über den stinkenden Scherbenhaufen im Keller.

Ich verweigere Frau Sieglinde die Schlüssel. Auch diese Komineks ertrage ich nicht mehr. Ich werde nicht mehr in die Taverne zurückkehren.

*

Vor dem Mittagessen legt mir Michael die Liste der Kommission auf den Tisch.

Unter dem Vorsitz von Bauamtsleiter Hans Faltl, Oberbaurat für den gesamten Bereich,

Dr. Frank, Landeskonservator als Vertreter für das Bundesdenkmalamt,

Mag. Hofrat Komarek für die österreichische Natur- und Landschaftsschutzgesellschaft,

Dkfm. Würstl für den Landesfremdenverkehr,

Doz. Dr. Plaschek vom Kurorteverband,

Mag. Weixelbaum, Kulturreferent für den Bezirk Neuberg,

Sekretär Pinoschka als Schriftführer.

Ferner die Beteiligten:

Prior P. Paul von Neuberg,

P. Zölestin als Pfarrer,

P. Leo (nach seiner Versetzung fraglich),

Komm.-Rat Sepp Grimmeisen,

Baurat Dr. techn. Dipl.-Ing. Fritz Pohlmann oder seine Gattin Dora,

der Bürgermeister von Weißenbach,

der Medizinalrat.

Weixelbaum, Komarek und Frank gegen das Hotel, drei gewichtige Stimmen dafür. Frau Schmierl pflichtet Michaels Schätzung bei. Michael wird in Neuberg gegen die Zusammensetzung demonstrieren. Den Vorsitz kann nur ein Unbeteiligter, in keinem Fall ein Vertreter des Baugewerbes, führen, auf jeden Fall ein siebenter Mann. Noch besser eine Frau, meint Frau Schmierl und schlägt die alte Emilie Enderl vor, Gattin eines vor drei Jahren verstorbenen Obermagistratsrates, Besitzerin der goldenen Nadel für 25 Weißenbacher Sommer, ehemals Siegerin in fünf Weißenbacher Schwimmwettbewerben. Eine Pattstellung, meint die Schmierlin, wäre noch besser, dann werde alles hinausgeschoben und erledige sich nach wiederholten erfolglosen Kommissionen von selbst. Bei einer Pattstellung wird jedoch Herr Grimmeisen entscheiden, daraufhin hat er diese ganze Kommission zusammengesetzt. Ob ich nicht der gleichen Meinung bin? Schrecklich, wie wenig mich das alles berührt, gegen mein in solchen Fällen stets waches Gewissen. Ich dränge in meine Hütte hinauf. Die Schmierlin lädt Michael ein zu bleiben und mich ausruhen zu lassen. Michael begleitet mich.

Unaufgefordert übergebe ich ihm die Schlüssel zur Scherbenküche. Wenn er nur neben mir schweigen wollte. Er stellt das Ding an und auf meine Bitte wieder ab. »Keine Aufzeichnung, solange ich alles nur wie hinter einem gelben Nebel sehe! Für mich ein Symptom, daß ich tatsächlich nicht nur ein Maler a. D., daß ich ein Zeitgenosse außer Dienst bin.«

Michael ist froh, daß er mich nicht in die Kommission nominiert hat, auch auf das Drängen eines ihm befreundeten Hofrates nicht.

»Einen solchen Außenseiter wie mich können sie nicht brauchen«, sage ich, »das hast du doch selbst gespürt. Danke!«

Auf mein Du-Wort hat er gelauert. Wir stoßen mit einem Stamperl Enzian an. Mir ist leichter.

Auch Heide hat er als Unparteiische nicht vorgeschlagen. Auch wenn sie für die alten Nazis als »Reichsdeutsche« nicht wenig Gewicht hat. Auch ihr Verhältnis zum Kommerzialrat, die Tage und Wochen auf der Pfarralm. Nur ihre Reden beim Lambrechter Kunstgespräch und ihr Eintreten für Pater Leo schreckt die Weißenbacher ab.

Viel weiter kommen wir nicht. Ich bin glücklich,

daß ich der Kommissionssitzung fernbleiben kann, daß Michael mich aber nicht abschreibt. Michael gesteht und verscheucht damit meine Ermattung, Heide werde noch heute mit dem Reporter des Fernsehens oder Rundfunks kommen, und er habe es nach einem Gespräch mit Heide in der Villa Fauland übernommen, mich auf ein Interview mit dem Reporter vorzubereiten. Michael hat auch mit Frau Fauland gesprochen. Sie hat Angst, daß ich mich beim Kampf um das Berghotel zu sehr errege und in meiner verbissenen Ablehnung des Projekts einen neuen Herzinfarkt erleide. Sie beschwört mich, weder mich irgendwie zu engagieren noch abzureisen und schön bei meinem alten Scherben zu bleiben, diesen geduldigen Trümmern eines auch nicht gerade glückhaften Jahrhunderts.

Michael meint, mein Rundfenster, Christus nicht als Pantokrator, sondern als letzte Hoffnung in dieser Zeit der großen Lüge und Verzerrung, sei wichtiger als alles andere, wichtiger auch als die Diskussion über das Sanatorium Größenwahn. Auch Freund Bellmann sei dieser Meinung.

*

Waldhütte, 18. August

18. August, »Kaisers Geburtstag«. Automatisch schreibe ich das in mein Merkheft. Michael entdeckt es auf den ersten Blick.

»Kaisers Geburtstag?« fragt er. »Welcher Kaiser?«

»Franz Joseph.«

Er zuckt die Achseln. Hilflos. Natürlich kennt er den Namen, weiß er vom Weltkrieg, von Sissy und Kronprinz Rudolf, kennt er das »Danke sehr, es hat mich sehr gefreut«. Er weiß immerhin mehr als ich von jenen Jahren, die mehr als 35 Jahre vor meiner Geburt liegen. Preußenkrieg, Königgrätz, Radetzky vielleicht noch. Mich hat auch nie jemand getadelt, daß ich mich nicht an die sechziger Jahre des vergangenen Jahrhunderts erinnere.

»Wir spüren ja nicht einmal recht, was jetzt vor unserer Nase auseinanderbricht, genauso wenig wie du mitten im Auseinanderfallen noch für das alte Österreich-Ungarn gekämpft hast«, sagt Michael, »Demokratie, Freiheit, Christentum, Kirche...«

»Als Mensch des zwanzigsten Jahrhunderts hätte man jeden Tag Protokoll führen müssen, und sei es zur Selbstbesinnung, zum Selbstverständnis, wie Heide sagt.« Ich habe weder im ersten Krieg Protokoll geführt, bin dann auch nicht über einzelne Tagebuchblätter hinausgekommen, führe erst seit den fünfziger Jahren reguläre Aufzeichnungen, finde aber, wenn ich einmal darin blättere, das Wirkliche ausgeklammert.

Vor dem Nachmittagsgewitter steht Michael wiederum vor mir. Heide hat in ihrem Wagen den Reporter mitgebracht. Einen Mann, der auch über die letzte Kasseler Kunstschau gesprochen hat. Einen Kenner, bei dem einem schwindelt, wenn er nur den Mund aufmacht. Sie wird morgen mit dem jungen Doktor kommen, es geht nur um die mir genehme Stunde. Entweder wird er mich in der Pension interviewen oder in der Scherbenküche oder im »Museum« vor dem Modell.

»Dieser gräßliche Doktor Bellmann«, sagt Michael unvermittelt. »Seit er Assistent ist, sind alle Nichtphysiker für ihn altmodische, unmögliche Menschen. Die fünf Minuten Fahrt auf den Berg hat er justament abgelehnt, und wie! Nein, nein!«

»Dabei ist er noch immer ein Christ«, sage ich. »Doch, doch. Deshalb interessiert er mich mehr, als du denkst. Er kennt die Welt von übermorgen und vielleicht auch den Zugang zu Gott von übermorgen.«

Ich weiß nicht weiter, was immer ich sagen möchte, ich denke es nicht zu Ende. Es stört mich nur, es zerstört auch meine eigenen Bildphantasien.

Doktor Diller wird gegen das Projekt sprechen, aus der Neuberger Wochenzeitung vom »Sanatorium Größenwahn« zitieren, also sehr schlau, will sich aber mit mir abstimmen. Ich werde weder in der Hütte noch in der Scherbenküche noch im Museum sprechen, noch vor Leuten, noch ins Mikrophon.

Michael stellt das Ding an. Dann heißt er mich einen Deserteur. Ich stelle das Ding ab. »Deserteur«, das trifft mich.

Michael stößt nach. »Dürfen wir kneifen? Wir Menschen, die wirklich wissen, worum es heute in der Welt geht?«

*

»Ich werde nach Peru fliegen«, sagt Michael so über den Tisch hin, unpathetisch. »Wenn wir schon als Christen nicht imstande sind, eine wenigstens beiläufige Ordnung der Gesellschaft zu sichern, dann sollen wir jenen helfen, die diese Ordnung noch entbehren, die primitiven Menschenrechte, das tägliche Brot, um das wir täglich bitten.«

Ich will das Ding anstellen, drücke aber die falschen Knöpfe und gebe auf. »Bisher habe ich mich allein als Deserteur gefühlt.«

»Das glaubst du doch selbst nicht, Professor.«

Er zieht sich, behauptet er, auf eine echte Aufgabe zurück. Nach tagelangen Gesprächen mit Pater Leo. Nicht mit mir, um mich nicht zu beschweren. Jetzt aber soll ich davon wissen. Jetzt weiß er mich auch stark genug, ihn zu ertragen. In Europa sieht er für den echten, nicht nur konservativen Christen keine Aufgabe mehr. Wer steht noch gegen die Seelenaufkäufer, wer gegen die Grimmeisen und alle ihre radikalegoistischen, großmannsüchtigen Genossen, wo schreien Christen noch gegen Unrecht, rechte Unterdrückung, linke Menschenschlächterei, gegen die gigantische, unser ganzes Leben durchsetzende Lüge? Die Not der von den Gutsbesitzern ausgebeuteten Indios bekämpfen, ihnen helfen, gegen ihre Peiniger anzutreten, auch gegen einige mit diesen noch immer verbundene Bischöfe.

»Ich halte dich nicht«, sage ich. »Ich beneide dich, auch wenn du ...«

Er schnellt auf. »Hanni hat damit nichts zu tun. Ich wäre auch mit Hanni zusammen nach Peru gegangen. Wir sind beide längst eingeschrieben. Das geht doch alles nicht von heute auf morgen.«

»Ja, ich beneide dich. Ich könnte höchstens noch im Urwald malen, wenn ich überhaupt lebendig hinkäme.«

*

Heide stürmt mit Dr. Diller die Hütte. Die Schmierlmutter als Führerin hat sie erst gar nicht abgewartet. Heide legt einen Brief Evas auf den Tisch. »Den Bericht von der schönsten Sommernachtsparty Mitteleuropas. Welche Frau! Welche Kommerzialrätin, welche Figur, welch ein Fleiß und welch ein

Übermaß von Geschicklichkeit und Gefühl, welch eine moderne Oma!« Heide hat in der Faulandvilla gewohnt und Eva nicht nur als Partykönigin studiert, dieses exzeptionelle Weib, auf das die Männer noch immer fliegen wie die Bienen auf Sonnenblumen.

»Drohnen im feministisch organisierten Bienenstaat werden nur der Befruchtung willen geduldet.« Der Doktor pflichtet mir bei. Wir freuen uns zu dritt über Heides Redseligkeit.

Den Brief stecke ich geschlossen zu mir.

»Das Interview geht vor«, sagt Heide.

Ich lehne ab, ich schenke Enzian ein und drücke dreimal die von Michael installierte Klingel, das Zeichen zur vorbestellten Brettljause. Einen Herzkranken ohne Klingel hätte Michael nicht geduldet.

Dr. Diller geht es ja, wie nun auch Heide behauptet, beim Interview zum »Sanatorium Größenwahn« um einen Beitrag über den Maler Hans Hemmelmann, eine fällige Entdeckung und Wiedergutmachung. Was für Töne! — Sein Beitrag ist für das Kunstmagazin »An die Wand gehängt« als Zweidreiviertelminutenbeitrag (die oberste Grenze) gedacht.

»Professor Hans Hemmelmann zum ersten Mal im Fernsehen, dazu zweidreiviertel Minuten!«

Die Brettljause, Speck, Paradeiser, grüner Paprika und Eier, überhebt mich vorerst einer Antwort.

»Zwei Minuten über das Sanatorium Größenwahn«, sage ich dann, »45 Sekunden wären für mich doch wirklich zu viel, über meine Person.«

Die beiden ziehen mir das letzte Stück Boden unter den Füßen weg.

»Zu wenig, zu wenig!« ruft der Doktor. »Ein Anstoß, ein Denkanstoß. Mehr kann ich ja nicht geben!

Nichts als Ihre Bewältigung der alten Scherben, diese geniale Arbeit an der Demarkationslinie von Mittelalter und neuester, allerneuester Zeit. Die Klassiker hatten noch kein Gefühl für das Mittelalter, für die Gotik, die Romantiker wieder zu viel Gefühl, uns gelingt die echte, nicht die bloß nostalgische Verbindung, wir artikulieren und inhalieren das 13. und 20. Jahrhundert in einem.«

»Wie nächstes Jahr in Kassel«, schreit Heide.

Der Scherbenhaufen aus dem Erdäpfelkeller wird, wie er liegt und steht, mit allem Ruß und Dreck bruchsicher verpackt nach Kassel transportiert und bei der nächsten Documenta auf dem Platz vor der Ausstellungshalle wiederum aufgebaut. Genauso verdreckt wie im Ruinenkeller, originell!

»Zum ersten Mal auf einer Schau moderner Kunst und aktueller Aktion verbindet dieser Haufen das dreizehnte Jahrhundert mit dem Ende des zwanzigsten, dies auf natürliche, organische, selbstverständliche, völlig unintellektuelle Art und Weise.«

»Keine Scherben auf einem alten Gerümpelhaufen, kein gewaltsames Nebeneinander von Gotik und Moderne, kein Zerstörungsmal, kein Ruinendenkmal, keine überspitzte technische Konfrontation, kein Resthaufen ältester Kunst, sondern ein bereits wieder zur Natur, zur Wirklichkeit gewordener Haufen. Die Auflösung unserer Zivilisation und aller abendländischer Kultur zum ersten Mal vor aller Welt vollzogen, öffentlich auf der Weltkunstszene präsentiert.«

Hier verzeichnet das Ding zwei tiefe Seufzer, daß ein unmöglicher Satz zu einem halbwegs möglichen Ende gelangt ist.

»Zum ersten Mal, und dies exemplarisch, geht es

mit diesem Haufen Scherben nicht um die Auswüchse eines kindlichen Denkmalschutzes, sondern um eine sichtbar in die Gegenwart, dort wo sie ganz heiß genossen wird, eingekochte Tradition.«

Der Doktorreporter bittet mich um leihweise Überlassung meiner Kassette. Er wird sie noch heute kopieren.

»Zum ersten Mal«, Heide korrigiert, »keine sinnlose Aktion um ihrer selbst oder einer temporären Sensation willen, vielmehr eine sinnvolle, das geniale Prinzip aller modernen avantgardistischen Aktionen unterstreichende Ereignis, das endlich erreichte und dokumentierte Selbstverständnis unseres Jahrhunderts.«

Das Band ist abgelaufen. Michael will es umkehren. Ich erlaube es nicht. Über das Sanatorium müsse ich zehn Minuten sprechen. Zehn ganze Minuten über diese Attacke gegen den Geschmack, nicht nur gegen den guten, gegen jeden. Was ist barbarischer? Das Terrassenhotel vor der Weißenbacher Kulisse oder der Scherbenhaufen auf der Documenta?

*

Evas Brief

Liebster! Diesen Brief nimmt Heide mit nach Weißenbach. Sie ist frisch und munter und begierig, Dir ihren sensationellen Plan zur Scherbenverwertung mitzuteilen, eine echte Sensation, deren Sensationsgehalt nur in einer total verkehrten Welt noch meßbar sein dürfte, also nicht in meiner. Ich bin ausgepumpt und treffe mich heute mit Edwin in Mürzzuschlag. Meine freie Woche. Mit der freien Woche belohnt mich mein

Herr Gemahl für die von mir vorbereitete, gelenkte und phantastisch erfolgreiche Gartenparty. Wohin ich fahre und mit wem ich die Woche verbringen werde, er weiß es, tut aber unwissend, aus einem längst überholten Hausvaterverhältnis heraus. Edwin führt die Engabrunner und Gaubschitzer Betriebe erstklassig, er hat sie aus den roten Zahlen herausgeführt. Ob er die nächste Woche mit mir oder mit einer anderen Frau verbringt, geht nur mich, nicht aber meinen Herrn Gemahl etwas an. Fritz hat die Attacke überstanden. Seiner Abstinenz trau ich nicht. Er kommt zur Kommission. Den Kampf um sein Lieblingsprojekt überläßt er nicht seiner ebenso korrekten wie langweiligen Dora, sie hat auch nie um ihn mit mir oder mit einer anderen Frau gekämpft, immer nur, auch in den letzten Wochen, gegen seine Depressionen. Das weißt Du, und ich danke Dir, daß Du sie angehört und ihr Mut gegeben hast. Ja, ich habe ihn in der psychiatrischen Klinik besucht, ihm zugeredet, ihn auch zur Gartenparty eingeladen, und er hat tatsächlich zugesagt. Ich mußte daher auf Edwin verzichten, gut so. Fritz war in seiner besten Zeit etwas für Partys, fulminante Empfänge, auch für orgiastische Nächte, kein Mann aber für jene große Liebe, die ich seit Jahrzehnten suche, seit der Geburt meiner Tochter, also seit ich mit meinem Mann in dieser glücklichen Nichtehe lebe.

Du hast es gespürt, an meinen kleinen Berichten, an meinem Aufbegehren gegen Dich, gegen Deine Einmischung in meinen Liebeshaushalt, um es offen zu sagen. Du warst weder mit Fritz noch mit Edwin beisammen, Du kennst sie so wenig wie alle meine früheren Liebhaber. Fritz war Dir aber, seit wir uns kennen, unsympathisch. Du wolltest auch nicht, daß ich mit

Fritz und Edwin verkehre, beide liebe je nach Zeit und Gelegenheit. Was hast Du mich nicht alles geheißen, was hast Du mir nicht alles vorgeworfen.

Du konntest Dir nicht vorstellen, daß man mit einem Mann ausgehen kann, ohne innerlich von ihm sonderlich berührt zu sein, ohne ihn zu lieben. Die vielen Männern eigene Unfähigkeit, zwischen Liebe und einem natürlichen Vorgang zu unterscheiden. In Deinen Augen war ich, wenn ich noch mit Fritz ausging, meinem Edwin untreu. Ja. Du hattest recht. Erst heute weiß ich, was eheliches Glück sein kann, und ich sehe es ja erst durch einen kleinen Spalt. Soll ich mich scheiden lassen? Kann ich meine Familie aufgeben, kann ich Edwin, Du kennst meine Bedürfnisse, mit mir belasten? Kann ich dann in Engabrunn, in Gaubschitz, im hintersten Waldviertel, in einer kleinen Wohnung sitzen, einen kleinbürgerlichen Haushalt führen? Traust Du mir das noch zu? Jetzt, in einer Ehe auf Raten, alle paar Wochen neue Flitterwochen, mein Gott, eine Ehe, die alle Möglichkeiten der Langeweile, des gegenseitigen Überdrusses ausklammert, von vornherein also alles, was unsere Ehen von innen her zerfrißt. Beim Auseinandergehen heulen wir. Eheleute auf Raten. Jedes Wiedersehen ein Ereignis, jede gemeinsame Fahrt eine Hochzeitsreise! Kindisch, rettungslos, sagt die Vernunft — Depressionen melden sich an. Werden sie an mir sichtbar, tippen alle auf den Faulandkrach. Tarnung einer verzweifelten Liebe, doch keine Lösung.

Freundin, Helferin, Mutter seiner Kinder, alles, was eine gute Gattin ausmacht, nur das eine nicht, um dessentwillen die Ehe als Institution eingerichtet ist. Ich stelle die Ehe ja auch nicht in Frage wie Sozialistinnen oder Feministinnen, nicht einmal als eine Frau, die ohne eine gute Portion Luxus kaum mehr leben könnte.

Ein Brief also, der nur wiederholt und zu erklären versucht, was Du ohnedies weißt.

Etwas wie eine Abbitte, daß ich über Dein Auftauchen in Weißenbach verärgert war und sogleich abgereist bin. Er fährt mir nach, mein erster Gedanke, er spioniert. Du bist mir nicht nachgefahren, Du bist gekommen, obgleich ich in Weißenbach war, sozusagen in ein reguläres, heute längst konventionelles, wenigstens nicht mehr originelles Dreieck eingespannt. Ich habe mich nie gegen eine Dreiecksgeschichte gewehrt, ich war nur bestürzt, daß Du angereist bist, ausgerechnet in dem Augenblick, als ich bei mir entschieden hatte, daß ich mit Fritz nicht mehr beisammen sein würde, auch nicht ratenweise, und dies unwiderruflich, was bei mir keine Phrase ist.

Fritz wirst Du wahrscheinlich begegnen. Sei gut zu ihm und hilf ihm, wenn und wo immer Du kannst. Du kennst meine Begeisterung für sein Berghotel. Dein Kampf gegen alles Moderne wird uns ja noch auseinandertreiben. Wie aber soll ich ohne Deine väterliche Freundschaft leben?

Deine Eva

*

Bei Kilometer 52, knapp vor Neuberg, ist Fritz Merswein mit seinem Motorrad heute nachmittag tödlich verunglückt. Hanni liegt mit einem Beckenbruch und Gehirnerschütterung im Unfallspital in Neuberg.

Herr Schmierl ist bei der Heimfahrt an der Unglücksstelle vorbeigekommen. Die Gendarmen haben noch Bremsspuren gesichert und vermessen, das zertrümmerte Motorrad lag neben dem Apfelbaum. Die Straße ist mit unreifen Äpfeln übersät.

*

Waldhütte, 20. August

Leere Tagebuchblätter deuten auf turbulente Wochen. Seit dem Tode Tonis habe ich keine drei Monate hindurch Seite um Seite angefüllt. Wichtiges, für mich Entscheidendes durcheinander mit Klageversen, Windmühlkämpfen gegen Scharlatane, Narren, Tuifele-, Wachaumaler und Popmaler, Kitschisten aller Art. Jede Zeile, auch die überflüssigste, ein Pfahl, mich daran aufzurichten. Auch viele Gespräche mit Eva. Trostgespräche, Ermunterungen durch eine Frau, die ihr Glück vor sich herumträgt und mir über Stunden hinweghilft. Eine Frau, die weiß, wie man auch mit einem alten Witwer umgeht, nicht nur mit irgendwelchen frischgefangenen Verehrern.

Meine Tagebücher waren stets Arbeitsbücher, A-Bücher. Nach dem Tode Tonis habe ich zehn Stunden am Tag gezeichnet, gemalt in jeder Technik, beinahe in jeder Fasson. Was immer den jungen Hemmelmann je bewegt hatte, kam wieder über mich, immer wieder alte expressive Motive, auch die Weißenbacher Landschaft, sozusagen zur Ausfertigung, zur Ergänzung meines Gedächtnisses. Landschaften aus Salzburg und Tirol, Urlaubsorte, Raststationen in einem gehetzten Dasein. Gehetzt nur von mir allein, Toni war zu schwach, auch zu gut mit mir, als daß sie mich beruhigen konnte. Sie, die ausgezeichnete Psychologin, hat mich stets genommen, wie ich bin.

Die A-Hefte 1 bis 125 stehen daheim wie alle anderen hinter meinem Schreibtisch, durch Nachschlagewerke verdeckt. Ich weiß nicht, ob Pater Zölestins Aufforderung, nach Weißenbach zu kommen, darin vermerkt ist. Mein Vertrag mit Fauland über Stoffmusterentwürfe bestimmt nicht, auch nicht mein mißglückter Versuch, Eva zu sprechen, mein Verdacht, sie sei ja bereits in Weißenbach bei ihrem Fritz.

Wem sollen diese Bemerkungen dienen? Für den Zeitschnüffler zu persönlich, für einen möglichen Interessenten an meiner Person zu uninteressant, für jeden Kunstkritiker sensationswidrig, für einen heutigen Kunstkenner unaktuell, auch kein Stoff für Dissertanten oder irgendwelche Symposien, nicht einmal für Kaffeehaus-Psychologen, die sich an die moderne oder modernistische Kunst heranwagen und in diesem Durcheinander höchstens die Suche nach der eigenen Identität spüren. Gibt es diese Suche auch bei einem alten Maler, nicht nur bei einem Straßenkehrer oder Bauernknecht oder Raubmörder?

Keine Notizen bis in die dreißiger Jahre zurück, in der »Galerie zum Silbernen Kaninchen«, zum Tod meines einzigen Kenners Dr. Fürst, der einen drei Seiten langen Aufsatz über mich bloß in einer unleserlichen Stenographie hinterlassen hat, den F.-M.-Artikel im »Weltblatt«, eine Sammlung von Gemeinheit, wie sie kaum einem anderen Maler unserer Zeit gewidmet wurde. Mein Jüngstes Gericht in der Seitenkapelle von St. Martin als ein »mit größter Dankbarkeit aufgenommenes Lehrstück, endlich allen unbegabten Zeitgenossen den rechten Abscheu vor christlicher Malerei beizubringen«. Dankbar auch, weil der alte Hemmelmann allen fortschrittlichen Christen ein Lehrstück über den Zerfall eines längst überholten institutionellen Christentums und die ganze Kunst- und Geistfeindlichkeit dieser überlebten Kirche vor Augen führt. Man müsse dieser Art Dilettantismus dankbar sein. Sie öffnet auch den Christen die Augen für die wirkliche Kunst unserer Zeit.

Meine erste Regung damals. Jetzt fährst du in die Redaktion des »Weltblatt« und verabreichst diesem F.-M.-Schwein eine vor jedem Richter zu vertretende Ohrfeige. Die nächste Reaktion: Ich lasse bei meinem Freund Wibiral die Visitkarten mit »akademischer Maler a. D.« drucken und übersende sie einigen Freunden, auch eine Handvoll diesem F. M.

Am nächsten Tag unterschreibe ich den Faulandvertrag. Ob nun jener F. M. mit jenem bürgerlichen Fritz Merswein identisch ist, der sich vor Neuberg an einem Sommerapfelbaum den Schädel eingeschlagen hat? Ob er sich Meerschwein schreibt oder bloß hinter der Chiffre sich ein Franz Müller versteckt? Das »Weltblatt« existiert nicht mehr, und anderswo habe ich ähnliche Aggressionen leider nicht mehr entdeckt. Ich hätte ihm nämlich einen Dankbrief geschrieben.

Nur diese reichlich egoistischen Gedanken um den jungen Merswein! War er mein Intimfeind? War er mit seiner radikalen Ablehnung jeder christlichen Malerei nicht näher an der Wirklichkeit, auch der Kirche?

Wieso kommt er aus Saudi-Arabien an den tödlichen Apfelbaum vor Neuberg? Soll ich die Stroblin anrufen? Ich bin erschüttert. Dieser Frau gegenüber aber wäre Erschütterung Heuchelei. Strafe Gottes, etwas anderes will sie ja jetzt nicht hören.

Was keinem Kritiker und Kritikaster meiner Malerei gelungen ist, auch denen nicht, die wie Pater Leo die Möglichkeit einer christlichen Kunst überhaupt leugnen, diese F.-M.-Kritik hat eine Mauer in mir umgelegt, die mir längst die Wirklichkeit einer echten christlichen Kunst verstellt hat, eine aus Zweifel, Angst, Blindheit gefügte Mauer, an der viele Freunde die entartete Zeit beklagen. Eine Mauer des Unbehagens, dessen Wurzeln und Angriffsrichtung wir kaum kennen.

Nein. Die alten Fenster von Marienberg hätte ich nicht wieder zusammengesetzt, auch nicht wenn kein russischer Wukel, kein Flüchtling auf den Scherben herumgetanzt wäre. Warum hatte ich über dreißig Jahre Weißenbach gemieden? Doch nicht aus Angst, mit Grimmeisen zusammenzutreffen oder mich an Lotte Wild zu erinnern, aus einem unbewältigten Schuldgefühl heraus! Soweit hatte ich die ersten allzu braven Fresken und Fenster nach 1945 überwunden, auch den alten Expressionisten in mir. Auch den heißen Glauben, daß wir nur mit der Kirche arbeiten müßten, um die alte Ordnung wiederherzustellen oder auch nur die Verwüstung des Geistes zu überwinden, die der große Durcheinanderwerfer uns hinterlassen hatte.

Nicht ich allein. Pater Leo hält meine Begeisterung für die Kirche (er kann sie nicht ganz ernst nehmen) Ende der vierziger Jahre für ein Strohfeuer, beinahe auch für Ausdruck eines tiefsitzenden Schuldbewußtseins und ein Alibi gegen eine undefinierbare, kaum in Paragraphe zu fassende Anklage. Ich werde Pater Leo noch ganz andere Diskussionsbrocken auf den Tisch legen.

Neuberg, 22. August

Mit Michael nach dem neuen Herzanfall in Neuberg! Ich habe der Stroblin versprochen, ihr über Hanni die Wahrheit zu berichten. Man hätte sie nach dem Unfall sogleich auf die neurologische Klinik bringen müssen. Leben wird sie, doch vielleicht querschnittgelähmt. Ein Glück, daß der Kreislaufkollaps erst im Spital über mich kam, sagen die Ärzte. Der Oberarzt gibt dem Schock die Schuld. Dabei habe ich das Unglück längst erwartet. Aus meinem Intensivkammerl heraus kann ich nicht telefonieren. Nicht einmal Michael darf mich besuchen. Keine Zeitungen, kein Radio. Um ein Tagebuchheft habe ich mich gerauft. Der Primar hat endlich begriffen, daß ohne Aufzeichnungen und Meditationen mein Kreislauf nie in Ordnung kommt. Nach drei Tagen werde ich freigegeben werden. Michael schilt den Primar wahnsinnig.

Ich fühle mich außerordentlich erfrischt, lasse mich aber noch drei Tage lang beobachten, Kardiogramm, Blutdruckschwankungen, Blutproben, Infusionen, Durchleuchtungen, und was sie so mit einem alten Patienten treiben. Auch die Beschäftigung mit meiner Person, diese äußerlich sehr ernstgenommene Beschäftigung, stärkt mein Bewußtsein.

*

Neuberg, 23. August

Bellmann wartet hier im »Steirischen Hof« auf eine beruhigende Nachricht. Michael begreift das nicht. Er saust zwischen Weißenbach, Neuberg und Graz, tut, als sei nichts passiert, meidet die Stroblin, kommt mit Bellmann nur für Minuten zusammen. Über unsere erste, wahrscheinlich letzte Zusammenkunft haben sie gesprochen. Klar! Ich denke viel an diesem Bellmann herum. Ob er mir bei einem Fenster zu Gott helfen könnte?

Ich ertrage jetzt auch Michaels eher lächerlichen Bericht über die Kommission (Hanni ist ja immer noch nicht transportfähig). Bei drei zu drei Stimmen wurde die Kommission auf Anfang Dezember vertagt und überdies nach Neuberg verlegt. Grimmeisen redet von einer für die junge Demokratie gefährlichen Manipulation und hat bereits die ersten Baulose für den Abbruch der Klosterruine vergeben. Er, der Geldgeber. Die Verlegung nach Neuberg kümmert ihn überhaupt nicht. Den Erfinder des Schlagtitels »Sanatorium Größenwahn« von der Neuberger Bezirkszeitung hat er wegen Ehrenbeleidigung geklagt, Dr. Diller bei der ORF-Beschwerdekommission angezeigt. »Einbetonierung einer der schönsten Landschaften Österreichs, sinnloser Betonglaspalast, Verschandelung eines der letzten noch genießbaren Erholungsgebiete der Alpenzone, überflüssiger Sessellift, Wasserrutsche, eine einzige größenwahnsinnige Herausforderung des guten Geschmacks.«

*

Wien, 25. August

Mein Haus auch nach gründlicher Lüftung und Reinigung durch Frau Käthe noch unfreundlich, unmöglich, unbewohnbar, scheußlich, abschreckend — wie konnten wir in dieser Hütte so viele Jahre wohnen? Arme Toni, die hier krank liegen mußte und nicht einmal an eine Staffelei ausweichen konnte, kaum auch zu einem Tratsch, schon gar nicht mit mir.

Der Garten halb verdorrt, halb verwuchert mit Miere und Brennesseln, von streunenden Katzen verdreckt. Der für die Arbeit engagierte Mann aus Zagreb ist heimgefahren. Ich stürze mich mit Baumschere und Lederhandschuhen auf die dicken Rosenfrüchte und in die Wildnis, gebe aber nach einer Stunde auf. Ich rufe 32 22 66 an. Die Herrschaften sind verreist. Beide. Man weiß nur nie, ob beide an den gleichen Ort. In Weißenbach ist Eva nicht aufgetaucht. Frau Isoldes Auskunft beruhigt mich. Die Wildnis ärgert mich bald auch nicht mehr, in meinem Innern die Wildnis ist zur Zeit noch unzugänglicher.

Michael wohnt, seit Hanni in der Klinik liegt, bei einer Tante und besucht mich zweimal am Tag. Er schweigt, sobald ich das Gespräch auf Weißenbach bringe. Kein Wort auch über Peru oder einen anderen Entwicklungshelfereinsatz, auch nicht über seine Besuche in Großradlberg oder über Schwierigkeiten mit Pater Zölestin. Seltsam für mich, daß ein junger Mann so schnell alles ausklammern kann, was ihn bisher bewegt, befeuert, begeistert hat, den Kampf gegen das Berghotel, gegen Grimmeisen, die Bekümmernis um die Weißenbacher Zustände. Alles, alles Schreckhafte, Betrübliche, Fragwürdige hat Hannis Unfall ausgelöscht, nur das Mädchen, nur dieser eine Mensch scheint noch zu existieren.

Ich aber schlage mich noch mit alten Scherben herum, und nicht einmal das mehr. Ich bin auf der Flucht vor mir selbst. Michael bestärkt mich darin.

Bad Ischl, 2. September

Auf Rat meines alten Wiener Hausarztes Solebäder fürs Herz und Bestrahlungen. Dazu eine leichte Terrainkur, Kurbeschäftigung mit dem eigenen Körper, die bald zur Arbeit an der Seele wird.

Ich hätte nur nicht in das alte Zimmer am Kai einziehen dürfen. Du wirst dich im Gedanken an deine arme Toni beruhigen, redete ich mir ein, und wieder jene Sicherheit finden, einen Teil wenigstens, die dich noch nie in Stich gelassen hat. Was kann Toni dafür, daß sie jetzt draußen eine Brückenwaage installiert haben und ein Blechkübel nach dem anderen scheppert, im 60-km/h-Tempo vorbeischeppert, hin und bald darauf zurück! Wenn sie wenigstens Kälber, Erdäpfel, Paradeiser transportieren würden! Steine sind es, riesige Blöcke und Brocken für den Bau einer Straße, die sie zur Waage und wieder zurück führen. Ob ich mich bei der Kurkommission beschweren soll? Mein Hausherr meint, das sei sinnlos. Ich beschwere mich nach drei Tagen Qual dennoch. Der gute Mann aus der Gilde der kleinen Funktionäre, die mit ihrer Phantasielosigkeit uns das Leben erschweren statt erleichtern, hört mich achselschupfend kaum an. Dann rät er mir zur Übersiedlung in eine andere Straße. Jetzt in der Nachsaison sei an ruhig gelegenen Zimmern kein Mangel. Ich sage kein Wort dagegen. Diese kleinen Funktionäre haben immer recht. Ich gebe nur die Hoffnung nicht auf, im alten Zimmer jene Ruhe zu finden, die auch hundert scheppernde Lastfuhren nicht zerstören können. Ich will auch nicht immer wieder gejagt werden. Wo hört das Gejagtwerden auf? Ich lasse mich nicht jagen! Ein Gefühl des Widerstandes, das ich seit meiner Flucht aus der Schmierlhütte vermißt habe. Ich denke weder an die Scherben noch an ein Ecce-Homo-Bild noch an Doktor Bellmann. Herrlich!

*

Bad Ischl, 7. September

Heimfahren werde ich über Aussee. »Heim« sage ich zu Weißenbach. Michael wird mich in Neuberg abholen. Wenn es Hannis Zustand erlaubt, holt er mich auch in Ischl ab oder irgendwo im Ennstal. Nur bei meinen Scherben wird die Jagd ein Ende haben. Am Telefon wiederum kein Wort über Grimmeisen.

*

Bad Ischl, 8. September

Ich rufe 32 22 66 in Wien an. Eva ist am Apparat. Sehr lieb, sehr heiter, vollgepumpt mit Glückseligkeit. Eine Fülle Glücksmeldungen. Diese herrliche Zeit, Schwimmen, Segeln, Wandern, eine zahme Kletterei, die ersten heurigen Almrosen, die besten gebratenen Fische, ein Mann, bei dem alles stimmt, aber auch alles. Nicht nur die Nächte, das tägliche, das stündliche Beisammensein, jedes Wort, jeder Schritt mit dem Geliebten.

»Fahre ich nach Linz, rufe ich in Ischl an. Ich fahre bestimmt nicht nach Linz. Die Wintermodenschau in der Kärntnerstraße darf ich nicht versäumen. Einen Schidreß, ein Kostüm, ein Abendkleid von Michelangelo Pauli, stell dir vor! Im Rheinischen Boten schreibt Heide über unser ›Sanatorium Größenwahn‹ als das modernste und am besten in die Landschaft gefügte Hotel der ganzen europäischen Alpenregion.«

Bad Ischl, 12. September

Expreßbrief an Eva: Ich werde über Aussee nach Weißenbach fahren, nach Großradlberg oder nach Neuberg, je nach der Lage meines Herzens. Ein für mich ungewöhnlich geschwollener Brief! Auf jeden Fall werde ich im Vorbeischauen in Neuberg meinen Herzprimar konsultieren. Ob er mit meinen Ischler Befunden übereinstimmt. Blutdruck, Kardiogramm, Blutbefund, für mein Gefühl unausstehlich normal.

Durchs Telefon kann ich Eva nicht sagen, daß ich derart durcheinander bin, jedem fragenden Blick ausgesetzt, jedem Vorbeiblick, Übermichhinwegblick. Mein Körper eine einzige Wunde von der Qualität einer Gürtelrose. Eva würde mich ja beim ersten Wort über meinen Zustand unterbrechen, von ihren Schwierigkeiten berichten, den finanziellen und von der Zwickmühle, in die sie nun gerät, oder doch wieder nur von der letzten Modenschau. Auch ihre Beweise für ihre Tüchtigkeit höre ich mir stets mit Vergnügen an, gut, daß es so eine Frau in unserer heutigen Gesellschaft überhaupt noch gibt. Bloß heute ertrüge ich es nicht. Heute würde ich Eva beleidigen, was sie erstens nicht verdient, was ich mir aber auch nicht leisten kann. Ich kann mir, so komisch das für die Verächter echter Freundschaft klingen mag, ein Leben ohne sie nicht vorstellen.

*

Bad Ischl, 13. September

Michael kann seine Zusage nicht einlösen. Hanni geht es schlecht. Lungenentzündung, Lungenembolie, schwere Kopfschmerzen. Michaels Gespräch voller Nebengeräusche der Verzweiflung. Er würde für sie ein paar Jahre seines Lebens hingeben. Als hätte es nie in seinem Leben einen Merswein gegeben.

Nach diesem Gespräch denke ich viel an Lotte Wild. Zum ersten Mal seit meiner Fahrt nach Weißenbach, was mich eigentlich immer noch weniger beschämt, als es mich beschämen sollte. Auch Michael hat über Lotte nie gesprochen. Was weiß er auch von der feschen, lieben Studentin, diesem stets heiteren, aber dabei sehr in sich gekehrten Mädchen? Habe ich nach sechs Wochen gemeinsamer Arbeit und zwei Wochen vor den ersten russischen Granaten Lottes Liebe aus purer Feigheit nicht angenommen und sie dem Berserker Grimmeisen in die Arme, in ein tödliches Verhältnis getrieben? Angst vor einem Ehebruch, den ich Toni ja doch hätte gestehen müssen, Angst, die Gute zu kränken, ja ganz tief zu enttäuschen. Die Enttäuschung vielleicht! Dieses Zertrümmern eines Bildes, das Toni von mir im Herzen getragen hat. Ich war damals viel unterwegs, und wir haben nie über diese Möglichkeit auch nur gescherzt. War es allein die Zwangsvorstellung des Künstlers, die Welt bedürfe einer Ordnung und unser Leben sei in diese natürliche oder göttliche Ordnung eingebettet? Mehr noch: Auch wenn diese Ordnung längst erschüttert, durchlöchert, zerscherbt ist, wenn jedes Jahr einer kommt und die Umwertung aller Werte predigt, ist es in dieser durcheinandergeratenen Welt, wo es heute um Leben oder Tod aller Menschlichkeit geht, nicht nur noch mehr die Pflicht der Wissenden und noch Hoffenden, diese Ordnung zu behüten, einzuhalten oder wenigstens nicht anzurühren? Jetzt bedürfte es vieler Stunden Meditation über diese vielleicht allzu nebulose Betrachtung. Genügt die mir selbst auferlegte Verantwortung, die Liebe eines hilflosen Mädchens, das den Tod bereits vor Augen hat, zurückzuweisen, genau wie Michael seine Hanni nicht begriffen oder doch ihre Liebe nicht angenommen hat. Wer kann da entscheiden? Wer kann diese Scherben wieder kitten, die wir nicht unserer Gewissenlosigkeit, sondern einem vielleicht überdrehten, überhitzten Gewissen verdanken? Mehr Unglück als die Unmoral hat die sture Moral über die Welt gebracht. Dieses Bonmot meines Freundes Erha hat mich einst empört. Das ist lange her.

*

Bad Ischl, 14. September

Auf die Prahlerei meines Hausherrn, er beherberge den berühmten Maler Hemmelmann, dieser sei krank und könne sich eine Bahnfahrt nicht zumuten, meldet sich ein sozialistischer Gemeinderat, der morgen nach Graz zu einer Klausurtagung fahren und mich in Neuberg absetzen wird. Der gute Finanzbeamte sei bedankt. Auch wenn ich mich auf politische Gespräche gefaßt mache. Wozu auch? Selbst die Politik liegt plötzlich wie nie zuvor neben meinem Weg.

*

Ich liege den Tag über. Die Scherben haben mich aus meiner Sicherheit und aus Weißenbach vertrieben, die in den Scherben versteckten Bilder warten noch, brauchen mich, holen mich zurück.

*

Neuberg, Café Styria, 15. September

Zwei Stunden bis zum nächsten Autobus nach Weißenbach. Dennoch hätte ich mein Heft im Koffer gelassen, hätte nicht mein bedankter Mitnehmer, Herr B., über Grimmeisen geplaudert. Der hat nicht nur den ORF, sondern auch Dr. Diller, den Reporter, persönlich geklagt. Die Boulevardpresse heult auf. Als sozialistischer Funktionär ist er gut unterrichtet. Dr. Diller hat neben der ganzen Kommissionstagung verschiedenen Leuten, auch Sommergästen gegenüber, die Frage nach der Herkunft von Grimmeisens Startkapital angeschnitten. Die zweite Gattin des Kommerzialrates, Tochter eines Eisenbahnbeamten, konnte kaum jene Mitgift aufbringen, die ihn dann den ganzen riesigen Seekomplex erwerben und das Seehotel anstelle eines kleinen Wirtshauses erbauen ließ. Er war in Aussee in den Diensten der USA-Besatzungsmacht bloß als Hilfskraft für Bergungsarbeiten an Kunstschätzen tätig. Ich habe nie an einer dunklen Herkunft des Geldes gezweifelt.

*

Waldhütte, 20. September

Daß ich Funktionär eines Künstlerklubs war, fünfzehn Jahre lang! Mehr als ein halbes Jahrhundert »Kulturförderung«, Umgang mit vielen falschen und einigen echten Mäzenen, intelligenten und stupiden Kritikern, eigensinnigen Wissenschaftlern, scheinbar interessierten, doch unbelehrbaren Politikern, wie soll ich jetzt einen Christuskopf bilden, der nicht zur Karikatur wird? Pater Leo hat einmal von einem Ecce-Homo gesprochen als vom wirklichen Antlitz unseres Jahrhunderts.

Drei Tage Kominek genügen. Meine Waldhütte ist noch etwas wie ein Ziel. Früher, auf meinen vielen Fahrten, an einem Waldtal vorbei, hat es mich jedesmal gereizt, bei der nächsten Station den Zug zu verlassen und in dieses Tal zurückzumarschieren. Ich denke da an ein solches Ideal-Tal, das ich nie betreten habe, im Wienerwald. Auch später bei Autofahrten und an noch idyllischeren Tälern vorbei habe ich nie angehalten. (Ich hätte mich ja auch geschämt.) Unromantischer Romantiker, so habe ich mich immer begriffen, optimistischer Pessimist, pessimistischer Optimist. Zeitflüchtling, der für ein paar Tage Einsamkeit Jahre hingibt und krank wird, wenn man ihn tatsächlich abschaltet, da er nach den Dingen dieser Welt neugieriger ist als ein Kind.

*

Auf Herrn Siegfrieds wortreichen Bericht über die neue Klage Grimmeisens reagiere ich nicht. Seine Geschichten und jene Frau Sieglindes über Abenteuer mit Weißenbacher Mädchen lassen mich kalt. Die Komineks begründen ihre Nervosität mit dem Durcheinander auf dem Marienberg. Baumeister Novak produziert täglich von Frau Dora gegengezeichnete neue Aufträge. Dipl.-Ing. Pohlmann ist seit der Kommissionssitzung unerreichbar. Bei der Bauverhandlung hat er sich nicht schlecht geschlagen, den Bürokraten sogar eine glänzende Rede über den Landschaftsschutz gehalten.

»Herr Grimmeisen besitzt, Gott sei's gedankt, jene Härte, die unsere durcheinandergeratene Welt noch gegen alle Narren verteidigen wird.«

Auch Herrn Siegfrieds Sprüche nach »harten«

Vorbildern regen mich nicht mehr auf. Ich meide auch jedes Gespräch über den Hotelbau. Beide Komineks wundern sich, daß ich meine Enttäuschung über den Gang der Ereignisse so schlecht verhehle. Dabei fühle ich mich weder enttäuscht noch hineingelegt. Allein die Selbstverständlichkeit, mit der die Weißenbacher und alle anderen auch noch vor einer neuen Kommissionsverhandlung Grimmeisens totalen Sieg hinnehmen, bedrückt mich. Sie erinnert mich an jene Jahre, in denen ich gegen Korruption, Durchstecherei und verwurstelten Bürokratismus noch kämpfen konnte bis zur totalen Erschöpfung.

*

Versuche ich mich gegen einen Angreifer einzuigeln, den ich noch nicht kenne? Werde ich nun endlich wirklich zum alten Mann? Weiß ich aus einer nicht geringen Erfahrung heraus, daß ich erst mit der ersten Skizze für das Christusfenster, die mir selbst genügt, mich wiederum erholen werde? Ist meine Erschöpfung ein Anzeichen, daß mir diese Skizze bald gelingen wird?

*

Michael gibt zu, daß er mit Bellmann wiederholt über mich gesprochen hat, zögernd bestätigt er mir des Assistenten physikalischen oder naturwissenschaftlichen Hochmut und seine Ablehnung jeder Kunst, als einer heute völlig überflüssigen Kulturspielerei. Vielleicht hat Michael ihn auch bei Eva eingeführt. Bei Eva schreibe ich diesen »realistischen« Hochmut einer blind übernommenen Modernitätssucht zu, bei einem Doktor phil., auch bei einem noch so unphilosophischen Physiker, regt er mich auf. Dieser Physiker ist noch immer Christ, ein, wenn auch kritischer, Katholik wie ich selbst etwa, nur eben von der anderen Seite her. Auch läßt er notgedrungen Maler, Bildhauer und Romanschreiber wie Bühnenstückverfasser gelten. Keine Kulturrevolution, bei Gott nicht! Nur mit einem Maler, der sich dem Scherbenspiel hingibt, weiß er nichts anzufangen. Die Scherben, wenn sie schon kostbar sind und irgendwie erhalten werden sollen, in ein Museum stellen oder einem meistbietenden amerikanischen Multimillionär verscheppern und mit dem Geld Stipendien für bildungshungrige Jugendliche ausschreiben, es in ein Bildungshaus auf dem Marienberg investieren als Anhängsel zum »Sanatorium Größenwahn«, auf christlicher Basis. Ein Aufschließen junger Herzen für die Größe des von unseren Physikern erst erschlossenen Makro- und Mikrokosmos.

Darüber, nämlich über die großartige Erweiterung unseres Wissens um die Schöpfung durch die moderne Physik habe Bellmann auch Notizen samt den grundlegenden Formeln Pater Leo vorgelegt, sie aber dann zerrissen. Pater Leo halte ihn für einen perfekten Konfusionisten, der von einer neuen, einer physikalischen Offenbarung Gottes, einer dritten Offenbarung schwärmt: ein ausgemachter, ja häretischer Unsinn.

*

Waldhütte, 25. September

Weder eine Aufzeichnung noch eine nachdenkliche Notiz über eine ganze Woche hinweg, eine herrliche Herbstwoche, die einem alten Mann das starke Gefühl eines fruchtbaren Lebens vermitteln kann. Keine Klagen, keine Anklagen, nicht einmal protokollarische

Spuren der totalen Erschöpfung. Das geht über die natürlichen Geburtswehen mit all den gehörigen Verzweiflungen bereits hinaus in eine Lage, in der wohl auch kein Psychiater, sofern er nicht auf Maler und Skrupulanten meines Schlages spezialisiert wäre, sich zurechtfinden würde. Pater Zölestin, Frau Dora, Grimmeisen meide ich, auch die beiden Stipendiaten. Der neue Stipendiat übrigens ein famoser Hundemaler. Der Strand noch immer von braungebrannten Männlein und Weiblein belegt, herrliche Gestalten, die in die starke Herbstsonne zu träumen scheinen. Jetzt, vor dem Ende des Sommers, überlege ich, ob ich mir nicht Badewäsche kaufen und den Sand genießen soll. Einen freien Platz würde ich nun leicht finden, auch ein Mädchen, das mit mir um die Wette schwimmt, ich würde kopfüber ins Wasser springen und entgegen der Meinung meines Hausarztes nicht sterben. Ich weiß mir so über Nacht kein schöneres Spiel als das Normalbürger-Spiel. In der Forellenbar bringt mir der Barkellner unaufgefordert kalte Forelle und schottischen Whisky.

Pater Zölestin findet, die Luft in Weißenbach sei nun eine rechte reine Herbstluft mit weiter Fernsicht, gemäßigter Sonne und klareren Fronten. Man wisse nun wieder, woran man bei einem Menschen sei. Die Verrückten und Halbverrückten sind abgezogen, man darf wieder irgendwie von einer »heilen Welt« sprechen, ohne sich schämen zu müssen, sogar die Behörden sind wieder für vernünftige Beschlüsse fähig und zuständig. Für die Hanni hat er bereits einen Platz im größten Rehabilitationszentrum reservieren lassen, und Michael wird sie heiraten. Auch das ist abgemacht.

Mein Normalbürger-Training verwirrt selbst Michael. »Ist dieser Hemmelmann nun in die erste, ohnehin späte Phase des Altersblödsinns eingetreten? Was sollen die beiden schrecklichen Illustrierten auf seinem Tisch? Liest er sie tatsächlich von der ersten bis zur letzten Seite? Macht er mir das alles vor, nur um mich zu ärgern? Das Riesenkreuzworträtsel hat er gelöst, auch die Stadt an der Thaya mit drei Buchstaben und den französischen Dichter mit vier Buchstaben.« Michaels ängstlich fragende Augen!

Ich frage mich: Ist der normale konsumbürgerliche Zustand, hinter dessen Änderung wir alle herkeuchen, in Mitteleuropa tatsächlich ein reines Negativum? Und für einen halbwegs intelligenten Menschen ein Grund für Scham und Schande? Garantiert er nicht jedem normalen Bürger ein angenehmes, im wesentlichen ungestörtes Leben und jenes Maß von Glück, das wir Mitteleuropäer nach zwei Kriegen und Revolutionen und der ganzen galoppierenden Technik uns noch leisten können?

Hanni wird in längstens drei Wochen in das Rehabilitierungsheim am Zicksee überstellt werden. Ob sie dann im Jänner heiraten werden, hängt von den Ärzten ab, noch mehr von Michaels Engagement. Wofür er sich engagieren wird, verrät er nicht. Ob einen der Tod eines anderen Menschen retten kann? Ob man als Christ das so sagen darf? Was man heute als Christ überhaupt noch sagen darf? Ob er Hanni dem Gangster Merswein tatsächlich zugetrieben hat? In die Arme getrieben, buchstäblich? Ob aus eigenem oder auf Befehl Pater Leos und aus moralischem Dünkel heraus? Diese Frage hängt zwischen uns beiden noch in der Luft. Wir holen sie nicht herunter. Auch der Name Lotte Wild fällt nicht. Was will ich auch mitten in meinem Normalbürger-Training damit? Bloß daß auch Michael nicht auf meine neuen Entwürfe neugierig ist und überhaupt nicht nach den Scherben fragt, ärgert mich.

*

Waldhütte, 26. September

Herr Siegfried, im Auftrag des Baumeisters Novak: Die Scherbenküche muß bis 1. Oktober geräumt werden. Wohin die Lichtkiste? Was geschieht mit den bereits gewaschenen, was mit den noch im Keller liegenden Scherben? Die Entscheidung liegt bei mir. Herr Novak soll erklärt haben, den alten Dreck rühre er nicht an, er wünsche sich keine Blutvergiftung in den Leib und keinen Ärger in den Bauch.

»Das erwartete Ultimatum des Königs von Weißenbach.«

Darauf der scheinheilige Kominek mit bedauernder Geste und der Härte eines zur Amtsperson arrivierten Feldwebels: »Alle Scherben sind noch immer Eigentum der Kirche. Pater Zölestin erwartet daher Ihren Rat als Fachmann bis 30. September, längstens.«

Das Kloster Neuberg, dies sein Kommentar, hat 1955 von Herrn Grimmeisen Geld für die Revitalisierung der Neuberger Stiftskirche und den Erweiterungsbau der Großradlberger Kirche gegen die grundbücherliche Übertragung der Marienbergruine samt beweglichem und unbeweglichem Inventar übernommen. Dies mit einem horrenden Quadratmeterpreis von 200 Schilling, der bloß historisch begründet werden kann. Von den Scherben im Erdäpfelkeller schweigt der geheimgehaltene Vertrag, als hätten sich damals Geldgeber und Verkäufer für den madigen Haufen Glas geschämt, noch mehr für die Tatsache, daß sich seit 1945 kein Mensch des Haufens angenommen hatte, nicht einmal irgendeine Behörde.

»Makulatur«, sagt Herr Siegfried, »längst abgeschrieben, ich hätte sie auch als Souvenirs am Himmelfahrtstag verkaufen können.«

Diesem Kominek traue ich alles zu. Auch ein Angebot, daß wir das große Scherbengeschäft unter uns machen. Er kreist aber nur um eine Wunschvorstellung, die ja durch meine Scherbenwäscherei nicht mehr geheim bleiben kann. An eine Restaurierung der alten Scheiben hat Pater Zölestin bloß einige Wochen lang gedacht. Ein Grazer Kunstglaser hat sich auch erbötig gemacht. Sein Kostenvoranschlag war der achte. Überdies ist doch nicht einmal ein so berühmter Maler und Restaurator wie Hemmelmann imstande, auch nur einen vorläufigen Plan vorzulegen. Frau Fauland hätte vor meiner Ankunft allein eine Handvoll oder eine kleine Schachtel Scherben übernommen und in seiner Gegenwart den Keller abgesucht und von einigen Fenstern in ihrer Villa vor allem in einem neuen Gartenhaus geschwärmt, dann aber, im Erdäpfelkeller angeekelt, die Idee fallengelassen, eine echt weibliche Entscheidung. Generaldirektor Fauland hätte diese Fenster aus der Westentasche bezahlt, ja, noch vor sechs Wochen. Jetzt kann er sich vielleicht ein paar kleine »Schweizer Scheiben« an die Fenster hängen, was aber längst nicht mehr modern ist. Grimmeisen soll ihm den Haufen billigst angetragen haben, nur um ihn loszuwerden. Daß er damit seinen Konkurs aufhalten kann, glaubt heute nicht einmal unser finanziell so leichtgläubiger Pater Zölestin. Glasfenster sind heute nicht einmal bei neuen Kirchen gefragt, und alles figurale Glas längst unmodern. Was auch Frau Doktor Heide Pollacek aus Kassel, internationale Expertin für moderne Kunst, inzwischen bestätigt hat.

Dann weiter im Tonfall des von seiner Meinung überzeugten Funktionärs: Pater Zölestin ist bereit, seinen Auftrag an mich zu stornieren und mir den Zeitverlust sowie die tatsächlichen Spesen großzügig zu ersetzen. Die Scherbenhaufen übergibt er der Behörde, sofern man ihm dafür 100 Stück gewaschene Scherben nach seiner Wahl ausfolgt.

Dann feierlich: »Mit Ihrem Autogramm, Herr Professor, können Sie diese verzwickten juristischen und alle anderen Fragen aus der Welt schaffen.« Er legt einen sauber getippten Bogen auf den Tisch.

»Ich, Endesgefertigter, erkläre, daß ich weder nach den Erfahrungen meiner Restaurierungsarbeit anno 1945 noch aus dem an mich ergangenen Auftrag des Herrn Pater Zölestin, Pfarrer in Weißenbach, kein, unter welchem Titel immer, Verfügungsrecht über die Verwendung der alten gotischen Scherben beanspruche und überzeugt bin, daß eine volle Restaurierung oder andere künstlerische Verwendung des gelagerten und von vielen Nachkriegspersonen zertrampelten Scherbenhaufens nicht in Frage kommt.«

»Und?«

»Sie können bis morgen überlegen, Herr Professor.«

»Ich überlege, ob ich als akademischer Maler a. D. unterschreiben soll oder vielleicht als Hans Hemmelmann, Bürger a. D. oder Mensch außer Dienst.«

Er starrt mich wie einen plötzlich Tobsüchtigen an. Ich schiebe ihm das Blatt zurück.

»Ich werde nie diesen Blödsinn unterschreiben, ich

brauche keine Bedenkzeit, Herr Siegfried. Tut mir leid, daß ich den komplizierten Fall nicht mit einem Autogramm klären kann.«

»Am 15. Oktober beginnen die Demolierer, Herr Hemmelmann. Ab 1. Oktober wird die Einrichtung verlagert. Das ist der Fahrplan, über den hinaus ich nicht zu bestimmen habe. Vorläufig. Wie ich höre, wird man mir die Vollmacht geben, die noch vorhandene Einrichtung nach bestem Wissen und Gewissen zu verlagern. Bei den Scherben bin ich überfragt, genauso wie Sie selbst. Sie können natürlich auch unten im Seehotel weiterarbeiten, nur wissen muß ich es, wie sonst soll ich allein diese gigantische Arbeit einteilen, und ich war bis heute immer ein ordentlicher Mensch.«

Daß ich mich dennoch hinreißen lasse und auf den Tisch schlage, wie seit zehn Jahren nicht mehr, ärgert und beschämt mich. Es war auch völlig sinnlos.

»Die Kommission wird nach Weihnachten entscheiden (auch schreien hätte ich jetzt nicht dürfen), Herr Grimmeisen, der absolute König von Weißenbach, schert sich den Teufel um ein Gesetz, verschreibt sich diesen Kulturfledderern, deren einer er immer war. Große Tradition, Herr Kominek, ganz große Tradition. Herr Grimmeisen läßt einfach demolieren, die bequemste, die gebräuchlichste Art, Probleme zu lösen, heute, in diesem Jahrhundert. Dazu die modernste, mit vielen großen Vorbildern. Ich hätte es ahnen müssen, so dumm ist dieser Grimmeisen ja wiederum nicht. Was zum Teufel geht mich das alles überhaupt noch an?«

Ich stelle Enzian und Kirschwasser auf den Tisch. Er lehnt beides ab. Seit er motorisiert ist, seit fünfzehn Jahren, nimmt er am Steuer keinen Tropfen Alkohol, überläßt er, wie er sagt, das Trinken vor der Fahrt der Doktorin aus Kassel oder der Frau Generaldirektor Fauland. Die werden es sich im Bedarfsfall schon richten. Seine Redewut ist noch nicht erschöpft: »Sie werden doch nicht alle Tausende Bürgermeister in den Alpenländern der Umweltverschandelung bezichtigen, noch ärger der Umweltzerstörung oder eines idiotischen Mißbrauchs einer angeblich wiederum überholten Fortschrittlichkeit. Ich habe Fotos aus Prospekten, Zeitungen, Illustrierten gesammelt, im Auftrag natürlich. Drei Ordner voll kann ich auf den Tisch legen, phantastische Projekte der berühmtesten französischen, italienischen, englischen, amerikanischen Architekten. Märchenhafte Beton- und Glasburgen, viele Monster darunter, himmlische Herrlichkeiten vor allem aus Uganda, Indien, Japan. Wer zahlt, schafft an, Herr Professor Hemmelmann. Diese Grundregel jeder menschlichen Gesellschaft haben nicht einmal die Herrn Marxisten erschüttert. Doch wir wollten ja über die Sicherung der Scherben sprechen«, sagt er als ein in Jovialität geübter Kellner, dem ich nun sogar einige Achtung abgewinne. »Vor zehn Jahren hätte Pater Zölestin jede Hosendame von der Kanzel aus zum Verlassen der Kirche aufgefordert, wäre er nicht vorher auf der Kanzel überhaupt in Ohnmacht gefallen. Vor zwanzig Jahren wurde ein Grimmeisen mit seinem Plan eines Berghotels als Gotteslästerer verschrien. Heute sind fromme Seelen und Gottesbürokraten glücklich, wenn ihnen ein unternehmungslustiger Mann die Sorge um eine Klosterruine abkauft. Wozu auch alte Kirchen wieder installieren, wenn die vorhandenen halb leer stehen und bald auch ohne Priester. Bildungsheime? Jugendheime? Volksbildungsheime?! Wer die hierherzitierten, von Pater Leo gehätschelten Studenten über Österreich höhnen gehört hat, diesen Saukerl, das Meerschwein, aus dem Altreich dazu! Volksbildung, wieviel Promille trägt die Volksbildung in Österreich bei zum Bruttonationalprodukt? Nach Ihrer Wiederkehr aus Ischl haben Sie vom Glück eines heutigen Normalbürgers gesprochen. Ich verstehe mich als glücklichen Normalbürger, wenn ich für das modernste, geschmackvollste, besteingerichtete Hotel in einer der schönsten Landschaften unserer Heimat kämpfen und arbeiten darf. ›Sanatorium Größenwahn‹ ist die beste Reklame, die wir für unser Superhotel uns wünschen können, glücklich auch, daß ich mich dabei um gotische Scherben kümmern darf, auch von Ihnen verhöhnt ...«

»Ich begleite Sie bis zum Wagen«, sage ich, »ich muß an die frische Luft.«

*

Waldhütte, 29. September

Kominek, den betulichen Herrn aus Leitomischl, hätte ich hinauswerfen müssen. Ich habe aber bloß einen einzigen Menschen in meinem Leben hinausgeworfen, einen Vertreter für Öldrucke nach berühmten Meistern, habe daher keine Praxis in diesem Geschäft und bin heute zu alt, um mich noch zu vervollkommnen. Bei unseren Vereinsversammlungen der »Lukasbrüder« habe ich vor zehn Jahren mit unserem geistlichen Berater gebrüllt, der damals bereits die Möglichkeit einer christlichen Malerei geleugnet hat. Pater Leo würde mich heute, wenn er das gleiche behauptet, nicht mehr reizen. Auch wenn ich den Glauben an eine Möglichkeit, christliche Bilder zu malen, noch nicht ganz aufgegeben habe. Eine Ausrede, gewiß. Ich stehe dem Auftrag für ein Christusfenster hilflos gegenüber. Vielleicht bin ich auch dafür zu alt. Kann einer für das Christsein zu alt sein? Seltsam, was man so hinschreibt, wenn man keinen Lakaien, kein Seicherl vor sich sitzen hat, keinen, der stets irgendeinen Herrn über sich braucht und glücklich ist, wenn er Gefolgsmann spielen darf. Nicht der Hotelplan oder die Verschandelung meiner geliebten Weißenbacher Landschaft läßt mich an unserer Gesellschaftsordnung zweifeln, daß auch der König von Weißenbach und Funktionär dieser Gesellschaft das Problem nach berühmten Vorbildern einfach durch Niederreißen löst — und dies auf eigene Faust — und alle Ämter und Kommissionen vor vollzogene Tatsachen stellen wird, treibt mich in nächtlichen Wutschweiß. Den geplanten Brief werde ich dennoch nicht schreiben. Nicht an drei große Wiener Zeitungen, nicht an den »Neuberger Wochenboten«, nicht an den ORF, zu Handen Dr. Diller, nicht an Eva, auch nicht an Generaldirektor Fauland, weder an Heide für die großen deutschen Zeitungen, noch an die drei Klubobmänner im Parlament, noch an die Österreichische Bischofskonferenz zu Handen des Kardinals, noch an Bundeskanzler, Unterrichts- und Wissenschaftsminister, schon gar nicht den wichtigsten, an den Bundespräsidenten, oder gleich an den Europarat. Weder ein brauchbarer Schimmelbrief ist daraus geworden noch eine wirklich eindringliche Zeile, die diesem exemplarischen Akt kapitalistischen Hochmuts gewachsen wäre. Der von Grimmeisen berufene Oberdemolierer schaltet mit ein paar Donaritpatronen alle weltlichen und kirchlichen Behörden, Schutzvereine, Kulturgesellschaften aus. Herr Grimmeisen, gekrönter

König von Weißenbach, triumphierend auf dem Trümmerberg vor der geliebten heroischen Weißenbacher Kulisse! Kein Brief, kein Flugblatt für Wibiral! Keine Vorsprache, keine Bitte oder irgendeine »Audienz«, keine öffentliche Anklage! Nicht zu alt, zu abgekämpft bin ich neben Grimmeisen, diesem Lackel.

Drei Ecce-Homo-Versuche sind mißglückt. Der eine zu naturalistisch, der zweite zu expressiv, der dritte so verdreht, daß ich ihn auf der Stelle vernichtet habe. Wozu und mit wem raufe ich mich noch herum?

*

Wien, 30. September

Lieber Hans!

Michael nimmt diesen Brief mit nach Weißenbach. Er wird ihn Dir in die Hand drücken, wo immer Du auch seist. Michael hat sich gefunden. Er will nicht mehr zurück, nicht nach Weißenbach, wofür er ja zu intelligent ist, schon gar nicht in jene Naivität, die er »Glauben« genannt und für die er bis zu seiner Verirrung um Hanni gekämpft hat. Das könnte die begreifliche Reaktion eines vor dem ersten Widerstand kapitulierenden jungen Mannes sein, ist aber, Du wirst es sehen und vielleicht schmerzlich erfahren, das Aufbegehren eines lebhaften Charakters, den man pfäffisch vom modernen Leben abgeschirmt oder, wie sie sagen, ängstlich vor der heutigen Welt behütet hat. Auch Pater Leo. Er ist dort fortschrittlich, wo einen normalen Zeitgenossen das Grausen angeht, in der schizophrenen »modernen« Kunst und dabei tief reaktionär in allen Sachen der Liebe, in seiner Verachtung des technischen, wissenschaftlichen Fortschritts, siehe seine Gegnerschaft gegen das Berghotel. Michael sieht ein, daß er gegen die Zeit nicht leben und arbeiten kann, daß auch die Arbeit als Entwicklungshelfer ihn nicht weiter bringt, daß er sich nicht länger gegen seinen Beruf stellen darf. Er ist Techniker und hätte das Zeug zum Diplomingenieur, noch mehr zum modernen Mann.

Du weißt, was ich damit meine, Du darfst darüber auch erschrecken oder wütend sein, doch Adlatus oder Assistent für die Arbeit an Deinem Scherbenhaufen, dazu ist Michael wirklich zu gut und sympathisch. Auch Deine Begeisterung für das Scherben-Puzzlespiel ist ja längst dahin. Das entnehme ich all deinen Aussagen oder versteckten Äußerungen einer grenzenlosen Verzweiflung. Deine gegenwärtige innere Unsicherheit, Deine Einsamkeit in der komischen Waldhütte, dieses Justament eines Fanatikers der Ordnung (Michael), eines für mich und meine Generation längst überholten und daher unbrauchbaren Begriffes.

Dein ständiges Wort von einer natürlichen und daher göttlichen Ordnung. Dieser fast blasphemische Rückgriff auf einen Gott, den niemand kennt, den meine Generation nur mehr unter bestimmten Voraussetzungen am Leben läßt.

Für Dich bin ich eine Anarchistin, vor allem und gewiß eine hedonistische Frevlerin, die sich selbst und ihrer Umgebung und allen, mit denen sie zusammenlebt, nichts als Freude bereiten will. Auch eine meiner Meinung nach regelwidrige unordentliche Freude. Hätte ich mich an die einst beschworene, dann gescheiterte Ehe gehalten, ich säße jetzt, nach der Abwanderung meiner Kinder — ach Gott, Du hast das hundertmal von mir gehört und dazu geschwiegen.

Nachmittag:

Mein Brief liegt schlecht. Ich wollte wirklich nicht meine Probleme wiederkäuen, sondern Dich, Liebster, ermuntern. Aus dem stinkenden Scherbenkeller herausholen will ich Dich. Die mönchische Stickluft in der Marienbergruine ist nichts für Dich. Das Puzzlespiel mit den Scherben noch weniger. Tarock, Bridge, Bauernschnapsen, Briefmarkensammeln, Bierdeckel, Schmetterlinge, sofern es sich noch rentiert, die letzten Falter ihres Geschlechtes auszurotten, bevor unsere Landwirtschaftsingenieure sie vergiften — wogegen du ankämpfst, woran ich aber nicht glaube. Und wenn? Dann werden andere Falter oder Insekten wachsen, immune Exemplare, moderne Kreaturen und Kreationen. Deine Scherbenwäscherei und Zusammensetzerei ist auch nur ein Hobby, und nur als Hobby finde ich mich damit ab, daß Du ihm frönst. Bilde Dir nur darauf nichts ein. So alt, daß es dich ausfüllen kann, bist Du aber wirklich nicht. Kein Liebhaber mehr, aber ein Verehrer, zu dem ich aufblicken konnte, dessen ich mich in der Gesellschaft nicht zu schämen brauchte. Du kennst meine Empfindlichkeit in diesem Punkt. Dabei ist Deine erste Stoffmusterkollektion, wie Edwin versichert, bereits ein Bestseller. Was die Leute auf den Bildern nicht ertragen, Striche, magische und unmagische Zeichen, auf Kleiderstoffen und Tapeten entzückt es sie. Die noch einzige mögliche moderne Kunst. Die Firma sucht neue Entwürfe dieser Art, nun auch für Fußbodenbeläge jeder Qualität, ein Geschäft, noch sicherer als Stoffmuster. Gestern haben wir in einem größeren Kreis von Ingenieuren, Bankleuten und Juristen ein Kunstgespräch geführt. Wo immer ich kann, bringe ich Deinen Namen ins Gespräch. Diesmal vor

Deiner großen »Weißenbacher Phantasie« in unserem Salon. Kein »Kunstgespräch« mit Pater Leo oder Heide, keine unfruchtbare zänkische Intellektuellenparade und Angeberei (die ja unsere Freundin Heide gar nicht so schlecht kleidet), keine Klagen, Anklagen, keine proletarischen Kraftausdrücke Deiner kleinen, angeblich so großen Kollegen. Den Leuten meiner Gesellschaft, die alle entscheidende Schaltstellen der Wirtschaft, der Politik, der Wissenschaft bedienen, ihnen geht es darum, realistische Wege zu finden, die in der heutigen Gesellschaft sinnlosen, ausgepowerten Künste irgendwie in unser modernes Leben zu integrieren, unsere besten Innenarchitekten gehen längst diesen Weg, unsere Maler spielen, wenn sie international angesehen sind, nur herum, malen wie kleine Kinder bevor sie in der Schule »verdorben« werden, und leben nur von anarchistischen Sensationen und von den sehr fragwürdigen Schätzungen des Kunsthandels.

Kaum ein Partygast, der Deinen Namen nicht kennt, keiner, der daheim ein Bild von Dir hat oder irgendwo eines Deiner Bilder gesehen hätte. Vor Deiner großen Weißenbacher Phantasie erinnern sie sich alle an den aktuellen Fall Dr. Diller. Einige sind von dem neuartigen Berghotel begeistert, kein einziger beklagt eine Verschandelung der Weißenbacher Landschaft. Im Gegenteil: Das Hotel genau gegenüber der großartigen, nach Deinem Wort, barocken Felskulisse aufgebaut, ermöglicht für die exklusiven Gäste erst den rechten Genuß dieser alpinen Herrlichkeiten.

Von den Scherben im Erdäpfelkeller halten sie nichts. Sie sind überzeugt, daß die Zeit der großen Restaurierungen nach dem Bombenkrieg abgelaufen ist. Heute sind Restaurierungen nur mehr in Ausnahmefällen gestattet, nämlich dort, wie Dr. Blum meint, wo es sich um neue Zerstörung handelt, um Bilder, Skulpturen, denen Abgase zusetzen, Hochwasser, wie in Florenz, oder um tatsächlich vergessene großartige Kunstwerke von ungeheurem Wert und nationaler Bedeutung. Ob und wieweit das für die Marienberger Scheiben gilt, entzieht sich auch Dr. Blums Entscheidung. Er kann sich bloß schwer vorstellen, daß heute, wo jedem Scherben nachgespürt wird, bei dieser Überfülle von Studenten der Kunstgeschichte man einen so riesigen Scherbenhaufen, noch dazu in einem alten Stiftsgebäude in einem Fremdenverkehrsort, vergessen konnte. Du siehst, diese verachteten Doktoren, Ingenieure und Kaufleute debattieren auch über Kunst. Ich bin ja auf dieser Ebene für Dich eine Banausin, der Du eine echte Sorge um Dein Wohl, nicht nur um Deinen Geisteszustand, nicht zumutest. Dieser Brief mag Dich eines Besseren belehren.

Halte Dich aus dem Streit um das Berghotel heraus! Die Aufregung steht nicht dafür. Herr Grimmeisen wird bauen, wann und wie er will. Wenn Du Dich aber von Deinen gotischen Souvenirs nicht trennen kannst und auch Heides Angebot für Kassel, das Dich endlich ins Weltrampenlicht stellen würde, ausschlägst (wie ich vermute), dann spendiere ein paar Großpackungen »Perlenrein«, das beste das es je gab, spanne auch die Sieglinde zum Waschen ein, schneide Dich nicht dabei, auch eine Blutvergiftung stünde nicht dafür, lade die Scherben in Kisten verpackt auf einen Lastwagen aus Grimmeisens Garage und lade sie in Deinem Hauskeller ab, vergiß nicht ein duftendes Waschmittel.

Sehr herzlich Deine Eva

Kein Wort von Scheidung und Konkurs. Michael entweder schlecht informiert oder von Eva betäubt. In einer Art, die mich aufschreckt. Ihre Art, die Menschen nach nützlichen Individuen und unnützen einzuordnen, nach Arbeitsbienen (Techniker, Ärzte, Geschäftsleute, Wissenschaftler) und Drohnen (Künstler, Geisteswissenschaftler aller Art), hat mich nie sonderlich erregt oder gar geärgert! Anlage und Unfähigkeit, das Ganze der Welt zu sehen (weibliche Enge). Auch persönliche Erfahrungen lasse ich bei Eva gelten. Ich wünsche mir keine hochdramatische intellektuelle Freundin. Bei Michael aber bricht ein junger Mann, mit dem mich so viel verbindet, mit seiner Anlage, geht von der Weite in die Enge rein technischer Fortschrittlichkeit und verantwortungsloser Fortschrittsüberschätzung, und ich könnte nicht einmal dagegen aufbegehren, ich würde auch ihn weithin begreifen. Was aber plaudert Eva nicht alles einen langen Brief lang?

Über Bellmanns physikalische Offenbarung hat er wohl auch mit Eva nicht gesprochen.

*

Marienberg, 2. Oktober

Bis heute habe ich das zerbrochene Fenster in der Küche nicht wahrgenommen. Jetzt ziehen Staubwolken vorbei und herein. Nebenan räumen sie die Kapelle. Beim Ausreißen eines noch nicht verheizten Beichtstuhls geht die halbe Wand mit. Die dünne Wand vor einer alten Taufnische. Ein Fresko. (Nicht von einem übermalten Gott. Wenn die winzigen Reste alter Fresken nicht an Gott Vater erinnern.) In der Kunsttopographie, die mir Michael hinterlassen hat, wird diese Taufnische nicht erwähnt. Herr Siegfried bläst: die

Entdeckung des Jahrhunderts, die Rettung der Kapelle, ob nun ein Hotel erbaut wird oder ein Bildungsheim. Von einem Exerzitienheim ist nicht mehr die Rede. Heute früh stürzt mir Herr Siegfried aufgeregt entgegen. Das Fresko ist weg, die Mauer der Nische mit Kalk verputzt.

»Eine Aufregung weniger«, sage ich.

Siegfried starrt mich an und stöhnt »unersetzbar«.

»Unersetzbar ist heute nur das Christentum für die Menschen.« Er nimmt diese Antwort als Witz. Seine Frage: Wer hätte schon an der Unersetzbarkeit des Christentums je gezweifelt? Welcher normale Mensch würde sich einem solchen Zweifel hingeben? An meinem Verstand zweifelt er.

Ein Gutes haben die alten, nun vernichteten Freskenreste: Ich werde wiederum, solange ich auf Marienberg arbeite, in der Taverne meine Mahlzeit haben. Frau Sieglinde schafft wiederum, was sie vorher abgelehnt hatte, heißes Wasser herbei. Dazu die gewünschten zwei Haushaltspakete »Perlenrein Neu«, das beste Perlenrein, das es je gab.

»So ein Waschpulver bräuchte man auch für die Seele«, sagt Siegfried, schämt sich aber sogleich für den Gebrauch des alten, auch für ihn überholten Begriffes und korrigiert: »für den inneren Menschen«.

»An einer perfekten Gehirnwäsche werden wir unsere Nachbarn im Osten nie übertreffen, und die Seele hat ja bekanntlich ihren Sitz im Gehirn.«

»Daher im Grunde sehr moralische Völker, keine Anarchisten, kein arbeitsscheues Gesindel wie bei uns.«

Ich ermahne ihn, ja nicht »Moral« zu sagen, das dümmste Wort, das es bei uns überhaupt gibt. »Unsere Väter haben sich an Moral überfressen«, sage ich.

Überdies wird er mich morgen früh in meiner »Waldvilla« abholen. Zwei Kilometer Weg und dann schön bergauf! Ich lehne ab. Es tut wohl, daß er um mich besorgt ist, noch wohler tut mir ein Spaziergang in den Morgen hinein. Die Felskulisse vor mir, wie sie hinter dem Waldhügel verschwindet und wieder auftaucht, dreimal wird der grüne Vorhang vorgezogen, endgültig dann bei der letzten Krümmung des Flusses, bei der in den Fels hineingebauten Bucht, in der die Forellen gedrängt stehen, mit den Händen zu greifen. »Bei Regen werde ich sehr dankbar für den Wagen sein«, sage ich. »Ich werde vom Schmierl dann anrufen. So gesund wie jetzt war ich seit zehn Jahren nicht.«

Zwei jugoslawische Bauarbeiter schleppen in der Frühstückspause Scherben aus dem Keller, Obuca Molim, ein echter Bosniak aus Tuzla, bis in die Nacht hinein. Ich bezahle sie und krame meine letzten Brocken Kroatisch zusammen. Ihre Augen leuchten. Sie bitten um ein paar Scherben, rote, blaue, grüne, ich stecke sie ihnen zu. Frau Sieglinde kocht Pilzlingsoße mit böhmischen Knödeln wie am ersten Tag. Ich wollte nur, Eva wäre hier und wir könnten über die Scherben streiten, und sie hätte dann vielleicht eine Ahnung von dem Gefühl, neben den Demolierern Kostbarkeiten des 13. Jahrhunderts zu retten, Stücke, nicht einmal Viertelstücke, nur Scherben, die man einem Wahrsager so hinwerfen kann, Orakelscherben, aus denen ich meine Zukunft lesen könnte.

*

4. Oktober, Waldhütte

Ob ich noch einen heiteren Tag beschreiben kann? Ist nur das Problematische, in sich Zermurkste der

Aufzeichnung wert, das Gräßliche, das Ausweglose, die totale »Identitätskrise«?

Ich lache über das Modewort und stecke doch mitten drin. Ich stecke nach Evas Brief mitten drin und erlebe einen gelösten, ja heiteren Tag, hier in Weißenbach den ersten. Jetzt beginnst du endlich ein Mensch zu werden, würde Eva sagen. Da sind auf geheimnisvolle Weise die Fensterscheiben auch in meiner Tavernenkammer geborsten. Haben sie nur meine Spannung nicht mehr ausgehalten? Wer hat sie eingeschlagen?

Während ich an der Lichtkiste sortiere, wäscht und bürstet Frau Sieglinde, arbeitet mit Staubsauger und Wedel jede kochfreie Minute, als schämte sie sich für die voreilige Demolierung. Dabei füttert sie die zu Demolierern degradierten Maurer mit Gulasch, Erdäpfelknödeln, Grammelknödeln und Eierschwammerln. Der Bosniak war am Sonntag als Alleingänger in der Edelweißwand. Sein Kollege aus Zagreb spielt hier eher Urlaub. Was ich mit dem Scherbenhaufen anfangen werde, wollen beide wissen, der Bosniak dazu, ob man die Farbgläser heute noch nachmachen kann, und wieso sie seit dem Krieg vergessen wurden?

Frau Sieglinde hat die Kammer sauber gemacht und die Fenster mit Papier verklebt wie im Bombenkrieg. Hochdruckwetter, gläserner Herbst. Die barocken Wände bis in die letzte Rinne deutlich. Nach der Siesta in der gereinigten Kammer laufe ich zum See. Zum zweiten Mal, seit ich hier bin. »Wie ein Jüngling rennt der Professor«, ruft mir der Trafikant zu. Ich habe ihm erst eine einzige Zeitung abgekauft, die Nummer mit dem »Sanatorium Größenwahn«. Mir unbekannte Männer ziehen den Hut, zwei junge Frauen grüßen mich vor Michaels Installationsgeschäft. Ich denke auch nicht an Michael. Ich fürchte, Pater Zölestin zu begegnen oder der alten Zenzi, der Stroblin. Nach dem mißglückten Besuch zusammen mit Dr. Bellmann hätte ich viele Fragen. Nach Hanni, nach Grimmeisen, dessen Neunzehnhundertfünfundvierziger-Figur meinem Gedächtnis entschwindet. Ob Lotte Wild ihr über mich erzählt hat und was, ob sie glaubt, daß ich tatsächlich zu ihrer Verzweiflung beigetragen habe? Was sie von Bellmann hält? Ob sie Hannis Flucht nur allen anderen und in keiner Weise sich selbst zuschreibt? Auch Grimmeisen und Frau Dora und den neuen Malerstipendiaten meide ich und erstehe im neuen Kaufhaus eine Badehose mit Handtuch und Badesack. Wie hat sich der alte Kramladen doch verwandelt? Etwas über die Entwicklung der Kaufhäuser notieren!

Ich scheue weder die wenigen schmusenden Paare am Strand, auch nicht die beiden sehr schönen allein liegenden Mädchen, noch weniger den Kopfsprung ins Wasser. Der Arzt hat mir das kalte Bad nicht verboten. Ich habe nach dem Infarkt und nach zwei mißglückten Versuchen aufgegeben. Jetzt weiß ich, daß ich heute weder ertrinken noch an Herzschlag sterben werde. Schwimmen verlernt man nicht. Ich schwimme mit großen Tempi gegen die Fichteninsel. Zwei Paare tummeln sich im See.

Eines der beiden Paare schwimmt mir nach bis zur Insel. Die schlanke Chemiestudentin im 6. Semester, brünett, braungebrannt wie ihr Partner, der blonde, blauäugige schöne junge Mann, sicher über 1.80 groß, Mediziner im 8. Semester. Beide natürlich, fröhlich, glücklich in ihrer Partnerschaft. Eva würde sich in den jungen Mann auf der Stelle verlieben, zufallen würde sie ihm. Die beiden fragen nicht, wer ich bin. Vielleicht wissen sie, daß ich der Scherbenmann bin. Ob auch ich von einem Maler gehört habe, fragen sie dann unschuldig, der auf seine Visitkarte »außer Dienst« gesetzt hat. Irgendwie sei das für beide, den Mediziner und die Chemistin, eigentlich angeberisch und überflüssig zu betonen, gar auf Briefpapier und Visitkarte, sei doch heute die Kunst längst für die menschliche Gesellschaft außer Dienst.

Weißenbach gefällt den beiden. Der Streit um das Berghotel berührt sie nicht. Der Kampf der jungen Menschen gegen Hotel Größenwahn ist eine Folge klerikaler Verhetzung plus provinzieller Gesinnung, Abneigung gegen alles Moderne. Ich kläre sie wiederum nicht auf und ergötze mich an ihrer Kritik der Speisenkarten. Die Speisen loben sie wie übrigens auch die Preise, wie den unternehmungslustigen König von Weißenbach und Umgebung. Bloß die geplante Wasserrutsche vom Berg in den See finden sie kindisch. Nächstes Jahr werden sie an einen anderen See fahren oder nach Dalmatien, sofern sie noch beisammen sind. Sie küßt ihn. Ein Maschinenbaustudent, der sich, nicht gerne gesehen, aber auch nicht abgedrängt, dazugesellt und ebenso gern den geräucherten Forellen zuspricht, will mehr über die arme Hanni wissen. Für den Mediziner ist so ein Unglück weiter keine Sache, auch kein Grund, über Eros und Sex zu diskutieren. Eros überhaupt nicht. Der angehende Ingenieur versucht wenigstens von einer unverantwortlichen Frustration zu sprechen, von veränderten Sexregeln auch der Kirche für den vorehelichen Geschlechtsverkehr. Er kennt auch Pater Leo. Ich ertrage das alles plötzlich nicht mehr und fliehe mit dem nächsten Fährkahn.

Keine Rede von Flucht. Noch immer aufgepulvert, wandere ich die Kastanienallee bis gegen die Jausenstation »Mirabell«, am Eingang in die Forellenklamm. Ich habe Glück, auf den Bankerln fehlen die alten Sommerfrischlerinnen, und die Jausenstation ist bereits geschlossen. Wie ich diese penetrant kleinbürgerlichen Jausenstationen hasse, noch dazu wenn eine sich »Mirabell« nennt! Wie mich die alten Damen auf den Bankerln schockieren, als sei ich selbst nicht längst nur mehr als Bankerlgast auf der Welt, ein Petrefakt, das man ins Wasser geworfen hat und das, o Wunder, noch nicht abgesoffen ist.

Nicht einmal Frau Dora stört mich. Sie holt mich mit dem Wagen ein, kommt von der Pfarrwiese oder von der Almhütte. Ich frage sie nicht, ich ziere mich auch nicht, ja ich bin herzlich froh, daß sie mich einlädt und zum Schmierlhaus fährt. Allein hätte ich den Marsch ohne eine ausgiebige Rast im Seehotel oder beim Fischerwirt nicht durchgehalten.

Ich höre es aber auch gerne, daß ihr Fritz dem Whisky abgeschworen hat und in Niederösterreich ein neues Spital plant. Für ihn ist der Fall Berghotel mit dem Empfang des Honorars abgeschlossen, und sie liquidiert in Weißenbach das Architekturbüro. Langsam, gemütlich, luftschnappend und nach den erschöpfenden Wochen halbwegs beruhigt. Größenwahn hin, Größenwahn her! Auch ob gebaut wird oder nicht, ist nicht mehr wichtig. Wichtig ist für sie, daß mit Frau Eva alles in Ordnung ist, in bester Ordnung. Das heißt doch, daß Eva mit Fritz wiederum herumreist, vielleicht an den Ort, in dem er das neue Spital baut. Wenn sie sich nicht geniert! »In bester Ordnung.« Ich kann das Wort nicht hören, nicht wiederholen. Ich kann es auch nicht ausklammern, was geht es mich auch an, was geht mich wirklich an? »Die alte Freundschaft«, sagt sie, »sonst doch nichts. Durfte ich Fritz nicht retten?«

Frau Dora hat im Schmierlhaus noch genachtmahlt und sich mit den Kindern vergnügt. Erst draußen vor dem Wagen ihre Frage, wie es mit dem Christusfenster steht, von dem einige Zeitungen berichten, ganz klein, wie es sich für echte Kunst gehört, aber doch.

»Etwa fünfzig Meter im Wald, ziemlich steil bergan hinter meiner Hütte weiß ich eine Wiese mit prachtvollen Kugeldisteln«, sage ich, »morgen werde ich mir einige holen oder gleich an Ort und Stelle abmalen, vielleicht auch eine der alten Föhren, eine Urföhre aus dem Gedächtnis, ein paar Urdisteln, oder wie man das heißen soll. Vielleicht bin ich doch noch ein Maler, vielleicht bringe ich wiederum ein paar Pflanzen aufs Papier, wie ich sie sehe, meine Urpflanzen. Wie kann ich einen Christus malen oder musivisch zusammenbauen, wenn mir kein Menschenbild mehr, nicht einmal eine primitive Pflanze mehr gelingt?«

»Gibt es primitive Pflanzen«, fragt Dora, »im Vergleich zu Menschen, meine ich?«

*

Waldhütte, 5. Oktober

Drei Kugeldisteln nacheinander, eine ohne Vorzeichnung, nur in Farbe. Die verkrüppelte Föhre auf der Felsnadel an der Straße nach Rohrbach, fünfmal in Aquarell, farbigem Filzstift, immer besser, immer schöner, immer unmöglicher. Ich könnte zehnmal auch anders. Das ist es. Ich war noch nie so unsicher.

A. D. das heißt doch nicht, wie Eva meint, Maler

ohne Aufträge, ohne Voll- oder Teilbeschäftigung wie ein Beamter, auch nicht: weder gefragt noch kritisiert, noch aus dem Clan der Maler ausgeschlossen, totgeschwiegen, abgewertet, ein Maler also, der ja, wenn er wollte, für sein eigenes höchst privates Kunstkabinett malen könnte, aus unerfindlichen Gründen aber nicht malt.

Beim alten Hemmelmann bedeutet dieses a. D.: Er weiß nicht mehr weiter, was immer er zu Papier bringt, ist nicht mehr seine Handschrift. Er hat das Schreiben verlernt, er nimmt für bare Münze, was die Neunmalweisen ihm einreden. Er gehört nicht mehr dazu und ist überzeugt, daß es so ist.

Fotografisch, zittrig, strichliert, zerzaust, halbverschummert, total verwischt, gänzlich aufgelöst, durch eine einzige Linie angedeutet. Er malt den ganzen Vormittag, opfert den Mittagsschlaf, könnte ja ohnedies kein Auge zutun, schenkt die beste, naturgetreueste Föhrenskizze, die beiden sehr natürlichen Disteln und das aus dem Gedächtnis skizzierte Felspanorama Mutter Schmierl für ihren Tagraum, erregt ihre und der Kinder helle Begeisterung. Obgleich ich den kleinen Peter um sein Zeichenheft beneide. Herrlich wie er drei Kugeldisteln nebeneinander hinkleckst und die Föhre nach meinem Vorbild, identisch, gültig! Daß er mich für einen großen Maler hält, beirrt ihn dabei nicht.

*

Wie soll ich ein Christusfenster komponieren, wenn ich nicht einmal mit einer Kugeldistel ins reine komme?

Nur zwei »Dormabene retard« können mich über die nächste Nacht hinwegtragen.

*

Herr Siegfried verschärft die Lage. Gegen neun Uhr, also bereits in der stockfinsteren Neumondnacht, klopft er mich aus dem Bett. Warum bin ich auch vor dem Krimi ausgerissen? Pater Zölestin hat sich für zehn Uhr vormittag auf dem Marienberg angesagt. Er will die Scherben bis zur Entscheidung des Denkmalamtes und seines Prälaten allen Fährnissen der Demolierung entziehen und im Pfarrhof sicherstellen. Die Demolierung ist nicht aufzuhalten! Pater Zölestin muß ausgiebig mit Herrn Siegfried gesprochen haben. Was er mir noch über Michael, Frau Dora, Eva Fauland und Frau Strobl berichten will, ist konfus und auch im Augenblick höchstens dritten Ranges. Seine Begeisterung über meine Skizze bestürzt mich noch mehr.

Dieser Doktor Bellmann müßte jetzt hier sein. Ich hätte meinen Plan für das Physikfenster nicht zerrissen. Auch nach der Ablehnung des Paters nicht. Wirklich nicht?

Vielleicht finde ich mich bei einem Gespräch mit Michael.

*

Waldhütte, 6. Oktober

Die Scherben werden gewaschen und gut verpackt im alten Arrest des Rathauses aufbewahrt. Das Lokal war nur für Schubhäftlinge benutzt worden und soll nicht stinken. Im Pfarrhof wären sie leichter zugänglich, dafür aber doch Wunschvorstellungen des Pfarrers ausgeliefert.

Ich bin wie immer pünktlich. Die beiden Jugos haben drei große Körbe voll gewaschen und getrocknet und bereits zusammen mit den von mir behandelten Stücken nach Farben geordnet. Ich brauche nur wie in eine Palette zu greifen. Die zerschlagenen Fensterscheiben bringen frische Waldluft und viel Staub. Auch die Lichtkiste ist nicht mehr staubfrei zu halten. Elektrisch funktioniert sie noch. Also Abtransport in den Gemeindekotter bis längstens 8. Oktober.

Fünf Kisten, durch Vorhängschlösser gesichert. Für jedes Schloß drei Schlüssel. Einer beim Bürgermeister, einer beim Pfarrer, einer für mich. Ich kann allein, ohne die anderen zu befragen, Scherben für meine Arbeit entnehmen. Das natürlich nicht. Doch bis zur Klarstellung der Eigentumsverhältnisse und der künstlerischen Pläne werde ich nicht in Weißenbach festgehalten. Das Honorar und die vereinbarten Diäten für die abgelaufenen Wochen kann ich in der Pfarrkanzlei beheben. Pater Zölestin reizt mich. Sein mächtiger biedermännischer Schädel, seine zur Schau getragene Würde, seine stete geistige Abwesenheit, wenn ich bei ihm bin und über meine Sache sprechen will, auch, daß er meine Frage nach Michael übergeht. Vor den Jugoslawen schweige ich. Er zieht mich in die Kirchenruine hinüber, in die nun völlig verwüstete Taufkapelle. Gestern hätte ein kurzer Wortkrieg noch dafürgestanden, heute erregen mich seine Widersprüche nur am Rande. Dann schön pastoral gefärbt: »Wenn Sie sich mit der Restaurierung nicht hinaussehen, Professor, ist das in Ihrem Alter keine Schande. Sie haben so viel und so Schönes für die Kirche geleistet, so viele Bilder, Fresken, Fenster geschaffen, daß Sie nun endlich, gleichsam außer Dienst, die Jahre genießen können, in solcher geistigen

Frische noch dazu.« Dann: »Meister Sebastian aus Neuberg, der geschickteste Kunstglaser, den ich kenne, übernimmt auf meinen Wunsch sofort die Restaurierung. Im Vorjahr hat er die neuen Butzenscheibenfenster im Sommer-Refektorium und die Kreuzgangscheiben in Neuberg gesetzt. Ihre vorbildlichen Restaurierungen in Neubruck sind für ihn ein Begriff. So sehr zersplittert können die alten Scherben gar nicht sein, meint er, daß er die alten Scheiben, leicht ergänzt, nicht wieder zusammenbauen könnte. Wenn schon nicht die beiden Propheten, so doch die Madonna mit dem Edelweiß. Nach dem Foto in der Kunsttopographie.«

Und da ich ihn noch immer anstarre: »Ich weiß, Sie träumen von einem Christuskopf in einem riesigen Rundfenster, von einem Christuskönig.«

»Um Gottes willen!« Ich schrecke selbst zusammen.

Er starrt mich an! »Sie, Herr Professor!« Mehr bringt er jetzt nicht heraus.

»Und ich habe den Christuskönig in St. Michael gemalt«, sage ich, »drei andere dazu.«

»Auch Sie hat das Konzil verrückt gemacht.«

»Vor dreißig Jahren, da haben wir ihn gesehen und besungen, Christus, den König.«

»Heute brauchen wir einen Pantokrator. Das glauben doch nur Sie, einen, der die frommen Frauen schreckt.«

Endlich finde ich mich: »Wenn ich ihn schildern könnte, ich hätte ihn bereits skizziert. Nicht einmal ein Menschengesicht kann ich mehr zeichnen. Sagen Sie mir einen Maler, der das noch kann, doch einen wirklichen, nicht einen harmlosen Schwindler, einen Grimmeisen-Stipendiaten.«

»Den Menschensohn.« Mehr bringt er noch immer nicht heraus.

»Ja«, sage ich, »wo uns nicht einmal mehr die menschliche Figur erlaubt ist. Was heißt erlaubt? Wo wir sie nicht mehr fassen, wo sie leer bleibt, höchstens eine Hülle für etwas, das ein Mensch sein könnte.«

Er nickt. Dann: »Ich hab's gewußt.«

Was hat dieser plötzlich für mich unmögliche Mann schon gewußt?

»Warum wehren Sie sich dann gegen das Madonnenfenster?« schreit er. Ich stehe mit dem Rücken zur Wand. »Das Marienfenster hat Ihnen Pater Leo ausgeredet mit seinem volksfremden Modernismus. Nur keine marianische Andacht mehr, keine Litanei, kein Rosenkranz, keine Wallfahrt. Alles Götzendienst, Beleidigung des reinen Gottes. Auch in Großradlberg hat er bereits einen Negeraufstand.

Alles, diese protestantischen Geschichten, diese Ökumene, diese Degradierung der einen wirklichen Kirche. 245 Unterschriften für das alte Marienfenster, 245 Gutscheine von je mindestens hundert Schilling. Eine reine Betschwesternangelegenheit, was? 30 Prozent Männer, und was für welche. Auch passionierte Nichtkirchgänger. Lokalpatrioten. Einen Kurort aus Weißenbach machen und das jahrhundertealte Heiligtum ausschalten, die einzige Tradition, die wir noch haben, zerstören! Sie sind kein Weißenbacher, aber die alte Stroblin, Ihre Nährmutter anno 1945, ist Ihnen ein Begriff, auch die kleine Hanni. Und was ein Gelübde ist, haben Sie vielleicht auch nicht vergessen. Ja, Professor, wenn die Hanni den Unfall überlebt, bezahlt die Stroblin das Marienfenster allein und wenn sie ihr Haus verschleudern muß, mitten in der Inflation.«

»Aus Reue«, sage ich dazwischen, »daß sie das Mädchen an die Kette gelegt, dem Michael verweigert und diesem Gangster Merswein in die Arme getrieben hat, allein aus Bravheit, Frömmigkeit und was alles Sie so nennen. Nur keine Liebe zwischen Verlobten, nur kein schlechtes Beispiel den anderen Schafen, die auf dieses schlechte Beispiel ohnedies nicht mehr neugierig sind.«

»Jetzt greifen Sie daneben«, sagt er und tritt aus der Taufnische zurück.

Gut, bis zum 15. habe ich mich zu entscheiden, ob ich einen Vorschlag habe, samt Skizze natürlich. Er weiß ja, daß ich dazu unfähig bin. Wäre ich es noch nicht, dieser Pater Zölestin würde mich lähmen. »Bis Allerheiligen«, fügt er dann hinzu. Dafür ist er mit dem Depot im Gemeindehaus einverstanden.

In der Taverne spülen wir beide den Staub mit einem Glas Wein hinunter.

*

Taverne, 8. Oktober

Die Unterredung mit Michael bei seinem gestrigen Besuch nagle ich fest, so gut mein Gedächtnis noch funktioniert und Überraschungen gewachsen ist. Das Ding habe ich nicht eingeschaltet.

Michael ist gleich von Neuberg her auf gut Glück in die Waldhütte aufgestiegen! Über eine Stunde war er bei mir. Die noch halbvolle Flasche Enzian war dann leer. Nur ein Kurzbericht. Michael wollte weder die Stroblin noch Grimmeisen, noch irgend jemanden auf Marienberg, noch alte Kollegen sehen. Michael ist wütend, daß er Pater Zölestin in Neuberg, bei der zufälligen Begegnung, hart angefahren hat. Er schämt sich seiner Wut über die zölibatäre Vergewaltigung jeglicher Liebe auch nach dem Konzil, das man in diesem Punkt nicht zur Kenntnis nimmt. Noch mehr aber wütet er gegen sich selbst. Nicht Pater Zölestin, nicht Pater Leo hat ihn und Hanni auseinandergetrieben, sondern sein Ehrgeiz, auch der Hannis (durch ihn geschürt), gegen die schamlose Freizügigkeit der Jugendlichen, die grausliche und dumme Sexualüberschwemmung, die schon an den Weißenbacher Verhältnissen sichtbare totale Verwilderung der Ehen. Vorbilder, moralische Wegweiser aus dem Sumpf wollten sie sein. Eine halbe Stunde klagt er sich an. Was alles an diesen Anklagen und Selbstanklagen habe ich nicht bereits hinter mir gelassen. Ich unterbreche ihn nicht, widerspreche nicht, rede nicht von der göttlichen und natürlichen Ordnung, wie ich sie noch immer sehe und erfahre. Ich frage in sein seelisches Striptease hinein nach Hanni. Er starrt mich an: »Sonst alles in Ordnung?« Kein Helfer mehr, ein Mahner eher, ein Überleger, ein anderer Mensch, und daß ich das nicht sogleich erkannt habe, wundert ihn. Jetzt bedauere ich es, daß ich das Ding nicht eingeschaltet habe. Er wird weder nach Peru fahren, würde es auch mit Hanni nicht, noch bei seinem Vater im Geschäft arbeiten. Er nimmt Pohlmanns Angebot an und tritt als Gruppenleiter für technische Neuerungen ein, mit der Verpflichtung, nebenher an der Hochschule Strahlenschutztechnik zu belegen, an der Universität dazu Kernphysik. »Warum nicht? Ich bin doch nicht zu blöd dazu, und Pohlmann ist auch kein Trottel. Der kalkuliert sehr scharf, der weiß, daß sich in Österreich praktisch kein Mensch um zivile Strahlen und Atomschutz bemüht. Da bedarf ich keines Pater Zölestin und keines Pater

Leo oder doch nur, daß ich mich gegen beide endlich profiliere.« »Profilieren« will er sich auch noch.

»Alles, was noch mit Kunst zu tun hat«, sage ich, »dient dir nur als Warnung, dein Gehirn an so lächerliche und sinnlose Dinge, etwa an alte Scherben, zu verschwenden.« Kein Wort über Eva. Dann endlich Hanni. Das Wunder Hanni. Hanni geht wieder auf zwei Krücken, doch sie geht: vom Bett zum Waschtisch, um den Tisch herum, auf den Balkon der Station hinaus in die Sonne. Kein Beckenbruch, keine Absplitterung der Schädeldecke. Die ersten Befürchtungen von den Klinikern widerlegt, keine allzu schwere Strafe Gottes, von der die Stroblin und ihre Kolleginnen flüstern. Auch Pater Leo, überdies auch Grimmeisen, soll, erzählt man sich, von gerechter Strafe gesprochen haben, Strafe auch für den Kampf gegen das Berghotel.

»Für Grimmeisen hat der liebe Gott den Apfelbaum eineinhalb Kilometer vor Neuberg eigens an die Straße gestellt.«

Michael glüht wieder. Er explodiert vor mir nicht, er spricht Satz für Satz, hundertmal in den letzten Tagen und Nächten durchgedachte Gedanken aus. »Du sollst allein an einen Gott glauben, nicht töten, kein falsches Zeugnis geben. Nur das sechste Gebot stellen die Zölibateure allen anderen voran. Dabei wimmelt die Welt von Götzendienern, hat neben den neuen Hauptgötzen, Mammon, Masse, Macht, jeder normale Mensch seine Privatgötter, zu denen er betet, denen er täglich opfert, auch Ehre, Glück und Leben. Nur das sechste Gebot, nur die Sünden der menschlichen Liebe!«

Ich unterbreche ihn nicht. Wäre ich heute jung, ich würde noch schärfer formulieren.

Erst die Frage nach Eva Fauland beruhigt ihn. Dreimal war er auf meine Empfehlung hin in der Faulandvilla. Fünfmal hat er telefonisch mit »Frau Generaldirektor« gesprochen, danach zweimal über Hanni berichtet. Frau Eva, mit dem Primar der Unfallstation befreundet, hat bereits am zweiten Tag für Hanni ein Zweibettzimmer ohne Aufzahlung erwirkt, sie zweimal besucht, ihr Blumen, Schinken, Obst gebracht, den Schwestern Kaffee. Welch herrliche Frau. »Kein Tochter-Mutter-Problem! Die beste Großmutter, die geliebteste Schwiegermutter. Die Gesellschaftsdame ohne jeden Dünkel, ihre unzerstörbare Heiterkeit, durch die beglückende Ausstrahlung ihres Wesens. Ihr Körper, ihr Haar, das einer Studentin. Augen voll vernünftigem Charme, großartige Schwimmerin, zwei Skiabfahrtspokale.«

»Ein sechster Platz beim Riesenslalom in Saalbach, eine Goldmedaille beim Fitlauf querfeldein«, sage ich, »die fleißigste, die gastfreundlichste, die am besten gekleidete Dame ihres Alters, jünger als ihre Schwiegertochter und Tochter.«

Michael stutzt und lacht heraus. Schaut dann aber von der Seite her, ob ich ihn ernstgenommen habe, und sagt nun um eine Tonlage leiser: »Zweimal allein mit ihr in der Villa. Du verstehst, was das heißt, auf dem Balkon vor dem blauen Salon.«

»Und Eva bestätigt dir, daß du endlich ein fortschrittlicher junger Mann bist.«

»Ja. Sie als erste kennt mich, und sie hat recht.«

»Hanni hat das nie behauptet.«

»Mein Gott, deshalb sind wir doch auseinandergeraten.«

»Und heute?«

»Heute will sie leben und gesund werden, eine gesunde Frau. Fortschritt heißt für sie Rehabilitation.«

»Eva denkt, ich sei gegen den Fortschritt«, sage ich. »Ich freue mich, wenn ich den Fortschritt mit den Händen greifen kann wie in der Medizin und bei deiner Hanni.«

»In der Malerei gibt es keinen Fortschritt!«

»Da hast du recht. In den Künsten kann man nur so von Fortschritt reden wie in der Liebe. Das macht sie allen Fortschrittsbesoffenen verdächtig. Kein neues elektronisches Relais, keine neue chemische Formel, keine Nova, keine neue Krebstherapie. Kein wirklich neuer, kein besserer Mensch.«

»Primitiv bin ich doch nicht.« Er knallt das leere Glas auf den Tisch.

»Nur die Primitiven bestimmen die Gesellschaft«, sage ich ruhig. »Ich aber freue mich als alter Maler über deine Bewußtseinsänderung, deine neue Profilierung, die neue Artikulierung deines Lebens. Artikuliere ich nicht wie irgendein Progressiver?« Jetzt springt er auf. »Heute als alter Mann kann ich freilich nur mit alten Scherben spielen.«

Damit sind wir wieder irgendwie die alten Freunde, anders als gestern, doch eben gut zueinander. Ob er mir nun beim Entwurf eines Christusfensters beistehen kann? Nach einer Weile Schweigen: »Wenn es dich noch interessiert: Ich habe nach dem Unfall ein Fenster gelobt für irgendeine Kirche. Ein Christusfenster? Ich weiß es nicht. Keine Figur. Eines, das uns, wenn wir hindurchblicken, irgendwie Gott ahnen läßt. Nicht irgendeinen netten oder obskuren Heiligen, eine Bibelszene, nicht einen Großpapa Gott. Vielleicht so, wie unser Bellmann es sieht.«

Ich packe, ich beutle, ich küsse ihn, und laufe mit ihm in den Wald hinauf. Gott durch das Fenster zu spüren, zu fassen! Gott, der uns seine Schöpfung sehen läßt. Weiter kommen wir nicht. Er ist nun nicht weniger durcheinander als ich selbst.

*

Taverne, 9. Oktober

Telegrammbrief Eva Fauland, vor der Fahrt nach Engabrunn.

Geheimsache auch für Dich.

Was alles Michael von mir berichtet, stimmt und stimmt nicht. Die Prozentzahlen kann ich nicht angeben. Du weißt mehr als alle meine Freunde.

Michael wäre mein Typ. Ihn könnte, ihn würde ich lieben, wäre er nicht um zwanzig Jahre zu jung. Sportlich, gute Manieren, schöne Augen. Auf Handbewegung folgsam. Ob jung, ob alt, ob groß, ob klein, die Männer fliegen mir zu. Nur die Künstler nicht, die spüren, daß ich sie verachte. Ich fange leicht Feuer, bin aber im nächsten Augenblick kalt wie Himbeereis. Das haben einige erfahren und verachten mich deshalb, wagen es aber nicht offen zu sagen. Darf ich mir nicht als ein besonderes Exemplar einer Gattin, Mutter, Großmutter vorkommen? Meine Tochter, meine Schwiegertochter, die jüngsten Partydamen sind älter und weniger begehrt als ich. Die Männer reize ich mächtig. Kommt es dabei auf irgendwelche Bravheit an?

Wir sperren nicht zu, die Fauland Ges.m.b.H. geht nicht in Konkurs. Leider, sagt mein Herzallerliebster. Dann nämlich würde ich mich endlich mit gutem Gewissen scheiden lassen. Er würde wieder für den

Rundfunk arbeiten!!! Mein Mann aber würde wegen Vernachlässigung der Ehefrau zu saftigen Alimenten verurteilt. So kalkuliert Edwin, mein Herzallerliebster. Ich kann es ihm nicht ausreden. Ich rede es ihm auch nicht aus. Wieder zwei Tage Engabrunn, unsere Sache durchzuberaten, zu bedenken, durchzuexerzieren, wie er sagt. Nach einer Stunde vielleicht werde ich die Debatte abbrechen. Das tu ich nicht, das kann ich nicht, das will ich auch nicht. Das traust du mir nicht zu. Ich kann aber nicht weiter, ich will nicht mehr.

Hilf Deiner armen Eva!

*

Die Scherben ruhen nach Farben geordnet in Kisten und in Holzwolle verpackt im Gemeindekotter. Der Kotter wird nur als Magazin gebraucht, ist ordentlich gelüftet, frei von Flöhen und Wanzen, ohne Carbolgestank, Spinnweben und Mäusedreck. Die einst von der Gendarmerie als Schubhäftlinge geführten unerwünschten Personen werden heute nicht mehr von Gendarmerieposten zu Posten überstellt und schließlich über die Grenze gebracht. In unserer auf ihre perfekte Humanitätsjustiz stolzen Gegenwart werden Menschen nicht wie Pakete weitergeschupft, dafür jagt man Völker, Volksstämme, Volksgruppen aus dem Land, und sie müssen noch froh sein, wenn sie vor den Grenzen nicht erschlagen oder vergast werden.

In einem Handköfferchen einige Dutzend bessere Scherben. Auf dem Boden des Haufens lagen größere, nicht zerstampfte Stücke, auch drei halbe Dreipässe noch im Bleiverband. Die Schwanzflosse des Jonasfisches. Die Mattscheibe der Lichtkiste ist gesprungen.

Die Birnen funktionieren noch. Zur Not und für meine Zwecke des Sichtens könnte ich auch mit der gesprungenen Scheibe arbeiten. Herr Siegfried wird eine neue bestellen. »Wenn Sie nach Neuberg kommen«, sage ich, »es eilt wirklich nicht.« — Dann: »Im Frühjahr vielleicht, wenn ich weiß, wozu ich die Mattscheibe der Lichtkiste verwenden soll.« – »Die Erleuchtung kann man leider nicht immer durch einen Schalter herbeizaubern«, meint Herr Siegfried. Er weiß nicht, wie elend mir zumute ist.

Im alten Kaisersaal haben sie eine Kiste mit unversehrten Butzenscheiben entdeckt. Durch die Auflösung des Klosters überrascht, hat sie der Neuberger Glaser vergessen. Der Kaisersaal war der Arbeitsraum Lotte Wilds.

Grimmeisen hat mich während des Kistentransportes telefonisch gesucht und für 16 Uhr auf ein Glas Wein eingeladen. In seine Privatwohnung, in das Biedermeierzimmer. Er will mir einen an mich adressierten Brief überreichen. Den Marienberg meidet Grimmeisen. Hinter jedem Mauerbrocken lauere ein Reporter.

*

Im Biedermeierzimmer schalte ich auf Vorsicht, auch wenn das nicht reinrassige Zimmer recht gemütlich wirkt. Er empfängt mich mit einem Glas Enzian aus der eigenen Brennerei und zeigt, was zu zeigen ist: Ein echter Danhauser, »Abschied des Sohnes«, vielleicht auch nur eine Kopie, wie er offen sagt, wenn sie nicht die Kopie im Belvedere hängen haben, eine sicher echte Pferdeskizze von Gauermann, die »Silhouetten« von Schwind, die Miniatur eines Mädchens mit unheimlich wissenden Augen von Fendi. Ausgewählte Bilder biedermännischer Stipendiaten fügen sich nicht unmöglich in ihre Vorbilder. Fünf steirische Landschaften von Franz Müller, drei heute überhaupt einmalige Genrebilder aus einem Alt-Wiener Biedermeierhof. Ein Bronzeakt von Otto Bär. Überfanggläser, silberne Ehrenbecher in der riesigen, zu voluminösen Vitrine, Medaillen von Fremdenverkehrsausstellungen, Porzellantiere und Kinder aller Art, eine Uhr mit einem Amor aus Goldblech als Bogenschützen, Plaketten, mitten darunter das Ehrenbürgerdiplom von Weißenbach und die Ehrenurkunde des Fremdenverkehrsverbandes Neuberg.

Das alles paßt zu dem bulligen Mann mit dem roten Gesicht eines Bergbauern, dem Stiernacken eines Generaldirektors, dem Doppelkinn eines Erfolgsmenschen der Konsumgesellschaft. Vor dem gerahmten Dankschreiben des Stiftes Neuberg für die Rettung des Marienberges vor der totalen Zerstörung verhalte ich.

»Nicht einverstanden, Professor?«

»Gleich nach dem Krieg waren Sie doch nicht in Weißenbach«, sage ich, »das muß also anders gemeint sein.«

»Die Revitalisierung einer verwüsteten Ruine ist keine Zerstörung«, sagt er sanft und bittet mich auf das Kanapee. Das Ding habe ich in der Waldhütte liegen gelassen. Ich würde es vor ihm auch nicht auf den Tisch stellen. Der Brief aus Kassel schiebt das nun mögliche gefürchtete Gespräch hinaus.

Heide fordert die versprochene Antwort. Sie hat den Weg für unsere gemeinsame Exposition freigekämpft. Der Platz vor dem Haupteingang ist genehmigt, wer wollte ihr auch widersprechen, die Vorpropaganda durch die Weltpresse gesichert. Startschuß, ihr Artikel über den spirituellen Maler-Aktionisten Hans Hemmelmann in »übermorgen«. Sie will und wird mich entdecken, und mein lächerliches auf Briefpapier und Visitkarten gedrucktes Maler a. D. wird zur Sensation werden, zum Dauerschock für die Nachschreiber und Abmaler. Der alte unbeholfene Hemmelmann wird die Kunstwelt endlich zur Besinnung bringen. Am Vertrag mit mir arbeitet sie. Diäten nach Muster für Prominente. Den Transport der Scherben übernimmt Grimmeisen. Zusage bis längstens 15. Oktober, zwölf Uhr mittags.

»15. Oktober«, stöhnt Grimmeisen.

Daß ich den Brief nicht zerreiße und von ein paar Tagen Bedenkzeit spreche, verwundert ihn wie mich. Ein Freudenschrei hätte ihn, das ist mir jetzt klar, an meinem Verstand zweifeln lassen und seine von den Kollegen so gerühmte Menschenkenntnis erschüttert.

»Die Kasseler Diäten sind sicher den in Österreich üblichen überlegen.« Ich spreche bewußt langsam und wie einer, den es eigentlich kaum angeht. »Man müßte erfahren, was sie an einen Aussteller ersten Ranges zahlen und für diese exklusive, exzeptionelle Exposition dann das Doppelte fordern! Wer kann schon einen Haufen gotischer Scherben als Kunstwerk anbieten? Was soll da ein tausend Meter tiefes Bohrloch dagegen? Oder ein anderer Innovationsspaß?«

»Innovation«, ruft er aus, »das ist es, das braucht es, das allein kann honoriert werden.«

»Innovierte Künstler gab es ja bislang nicht in der Kunstgeschichte, weder bei den Griechen noch bei den Chinesen noch im Biedermeier noch bei unseren steirischen Aktionisten.«

Jetzt blinzelt er mit Schweinsäuglein, jetzt trägt er, vor mir auf dem Biedermeierstuhl, einen Schweinskopf, nicht den Kopf eines echten, sondern eines menschlichen Schweines. Jetzt steht der Stechviehhändler aus Sonnenberg vor mir, den ich Ende der fünfziger Jahre gemalt und in der dortigen Hauptschule ausgestellt habe, mit drei anderen Bauernköpfen und einer Bäurin. Von dem in der ganzen Gegend bekannten und gefürchteten Modell auf Ehrenbeleidigung und Verdienstentschädigung geklagt, lasse ich es zum Mißvergnügen einiger Journalisten und der Sonnenberger Bevölkerung nicht zum Prozeß kommen, ziehe das Bild aus der Ausstellung zurück, beteuere, daß ich nicht Herrn X porträtiert habe, sondern einen jener Viehhändler, denen ich in meiner ländlichen Kindheit und Jugend begegnet bin und die ihre oft unheimliche Ähnlichkeit mit dem lieben Vieh eben nicht den Augen des Malers verbergen können, wie es ja auch bestimmte unvergleichbare Typen für den Generaldirektor, den Politiker, den Pfarrer und natürlich auch den Maler selbst gibt. Ich verstecke es in meiner Wohnung und bezahle die halben Gerichtskosten. Seither, nicht zu oft, in den letzten Monaten eher selten, nehme ich den menschlichen Schweinskopf, stell' ihn vor mich hin, leuchte ihn an und lasse ihn alles mithören, was sich an Beschimpfungen gegen unsere moderne Raubrittergesellschaft in mir angesammelt hat.

Steht dieses Gesicht jetzt vor mir?! Habe ich damals in Sonnenberg mit hundert versoffenen und ausgefressenen Viehhändlern, die den Bauern Ferkel und Kühe abjagen, auch den Ortsgruppenleiter Grimmeisen mitgemalt?

Plötzlich: Ein riesiges Rundfenster angefüllt mit

diesem Schädel! Herrlich in den Farben, wunderbar hineinkomponiert in den hellen Grund! Ein Mensch unseres Jahrhunderts.

Endlich hebt Grimmeisen das Glas! Refosco original. »Auf Ihr monumentales Christusbild. Das ich mir für das Berghotel gesichert habe. Das wissen Sie doch bereits. Noch nicht? Auch nicht von Frau Fauland? Sie war doch dahinter her.« Dann holt er eine Mappe aus der Kommode, breitet Papiere aus und einen Plan. »Hier der Vertrag, bis zum 15. Oktober erwarte ich Ihre Unterschrift. Auch von mir werden Sie als Prominenz honoriert. Das Rundfenster in der kleinen Kapelle, die ich durchgesetzt habe, gegen den Architekten, gegen Frau Dora, gegen den Pfarrer. Ein Superhotel und eine Kapelle! Geschmacklosigkeit, wenn schon nicht Irrsinn! Darin sind sie einig, die Atheisten und die Christen, Gotteslästerung, Größenwahn.«

»Der liebe Gott hat für diese Leute im Fremdenverkehr so wenig zu suchen«, sage ich, »wie in der Wirtschaft überhaupt.«

»Der liebe Gott würde sich im Grab umdrehen.« Er lacht und spießt diesen Witz wie ein intellektuelles Bonmot auf. »Auf den Grundmauern der Wallfahrtskirche, natürlich ganz klein, intim. Auf den Fundamenten des dreizehnten, die Kirche des zwanzigsten, mit Ihrem Fenster des einundzwanzigsten Jahrhunderts! Die ganze Rückwand ein einziges Fenster, ob rund, quadratisch, hängt von Ihrer Entscheidung ab, von Ihrer Innovation. Die ganze Wand fünf mal fünf Meter, der Kopf drei Meter hoch in einen Kreis gestellt, oder in ein aus leichtfarbigem Antikglas gebildetes Quadrat. Kein Teppichmuster, wie Frau Dora meint, überhaupt kein gotischer Zierat. Allein das Gesicht. Ein Kunstwerk, zu dem die Ausländer zu Tausenden pilgern werden wie zur Matissekapelle in Nizza.«

»In Vence«, stöhne ich, um nicht ohnmächtig umzufallen.

»Na also. Corbusier werde ich mit meinem Berghotel ohnedies überholen. Haben Sie eine Ahnung, was für Superscheußlichkeiten aus Beton sie im Westen in die Berge setzen. Die haben keine Umweltschützer, noch arrogante Reporter, noch größenwahnsinnige Gewerbeschüler wie diesen Michael, der über mein Berghotel in die Politik einsteigen will. Viel Glück, mehr als mit Hanni.

Mit diesem Fenster springen Sie direkt mitten hinein in den Weltruhm, aber seriöser als in Kassel mit dem Scherbenhaufen. Kein Strohfeuer, das erlischt, sobald andere Narren ihre Reklamefeuerchen abbrennen, ein solides Werk! Bis zum dritten Weltkrieg wird Ihr Weltruhm garantiert halten.« Er schenkt nach.

»Bis zum vierten«, sage ich, »wenn Sie den Krieg Rußland — China meinen.«

»Heide kränkt sich nicht. Sie hat an jeder Hand ein Dutzend Aktionisten, Drogenfresser und andere Schlaumeier, die ohne viel Arbeit berühmt werden. Das Herz hängt bei diesem Superweib nicht an diesem, jenem Werk oder Mann. Wohin käme sie dann auch?«

Plötzlich hockt nicht mehr der Stechviehhändler aus Sonnenberg vor mir, sondern ein hilfloser Phantast. Er wehrt sich auch nicht, als ich ihm den Vertrag ungelesen zurückschiebe.

»Dagegen? Sie, einer der seltenen Maler, die noch wissen, was Malerei ist und kann, der letzte christliche Maler, der letzte Mensch meiner Umgebung, den ich als Christen anerkenne.«

»Ich unterschreibe keinen Vertrag, den ich nicht erfüllen kann«, sage ich hart. Er ist außer sich, dann wieder unnatürlich (für ihn) sachlich mild.

Auch das übliche Terminspiel hilft ihm nicht weiter. »Ein Sepp Grimmeisen, der sein ›Sanatorium Größenwahn‹ auch gegen Funktionäre, Politiker, Bürokraten und Zeitungsschmierer durchsetzt, wird auch mit einem Maler noch ins reine kommen. Vorerst demolierten wir ja nur auch ein paar Vorurteile, Herr Professor. Auf jeden Fall, die Riesenglaswand hinter dem Altar ist fix.«

»Vor 20 Jahren, vor drei noch, hätte ich den Vertrag auf der Stelle unterschrieben und einen Luftsprung getan. Ihr Auftrag hätte mich gerettet. Damals habe ich nur an meiner Malerei gezweifelt. Meine Frau hätte ich vielleicht nicht von ihren Depressionen befreit. Ich hätte auch nicht gefragt, ob das Sanatorium Größenwahn seinen Namen zu Recht tragen wird, ob es die herrliche Weißenbacher Landschaft zerstört. Am nämlichen Tag hätte ich den Christuskopf entworfen, ein fünf mal fünf Meter großes Nylonpapier, und den Holzrahmen dazu angefertigt, aus Aluminium natürlich, die nötigen Scheinwerfer hinter dieser hoch gestellten Wand installieren lassen, auch in Ihrem Museum. Begreifen Sie doch! Wie aber soll ich heute einen Christus entwerfen und nicht die Menschen täuschen, keinen Pantokrator, keinen barocken Christus, einen ungeheuren Ecce-Homo, ja, wie aber sieht er wirklich aus. Doch keinen bärtigen, progressiven Studenten wie den Merswein, einen heutigen, einen herausfordernden, keinen Pantokrator, keinen König, der uns erschreckt oder demütigt. Ob ihn einer, ein Maler heute so schauen kann? Das geht ja dann nicht um Weißenbach oder Grimmeisen oder irgendwelche Leute, irgendwelche Geschichten, um diese Scherben und um alle, die da in der Welt herumliegen.«

Mein Gott, nachher dann, in der ersten Erschöpfung, wirbeln einem erst die rechten Worte durch den Schädel. Christus, eine Umrißzeichnung vielleicht, aus Scherben natürlich, die müssen dabei verwendet werden, aber irgendwie bewältigte Scherben. Das große Abenteuer Christus.

»Kein anderes Abenteuer mehr in einer künftigen Welt genormter Computermenschen. Ist noch ein anderes Abenteuer heute denkbar außer der totalen Zerstörung? Ein Blick durch das Christusfenster in unsere Welt hinein! Eben kein Fresko, sondern ein Fenster. Das trauen Sie mir ja nicht zu, Sie nicht und die anderen nicht. Aber jetzt sehe ich das riesige Fenster vor mir und die noch größere Herausforderung.«

Er unterbricht mich nicht. Ich schweige erleichtert. »Wie viele Christusköpfe haben Sie gemalt?« fragt er ganz sanft.

»Ich weiß es nicht, rechne auch nicht nach. Ein paar Dutzend, wenn ich zwei Kreuzwegreihen einrechne. Auch die Fresken von St. Martin. Keinen einzigen dieser Köpfe würde ich wiederholen.«

»Warum nicht?«

»Ich könnte es nicht.«

Er schüttelt den Kopf, was bei einem Grimmeisen sicher selten der Fall ist. »Wenn Pater Zölestin eine Madonna mit dem Edelweiß wünscht oder eine Dreifaltigkeit oder ein Porträt des lieben Gottes? Christus ist doch der meistgemalte, das einfachste Gesicht der Welt.«

»Nicht mehr für mich«, sage ich.

Waldhütte, 10. Oktober

Anruf aus Ossiach

Eva jubelt ins Telefon: »Zweite im Kraulen, Dritte im Rückenschwimmen, offener Bewerb der Sommergäste. Die älteste Konkurrentin 15 Jahre jünger. — Silberne und bronzene Medaille, Urkunde des Landeshauptmanns. Alles andere herrlich. — Ganze fünf Stunden trainiert, nicht nur geliebt. — Edwin natürlich nicht in der Jury. — Nach Allerheiligen zum Gletscherschitraining nach Obergurgl — eine Woche — mit Edwin, dem Abfahrtsmatador. — Morgen nach Wien zurück über Weißenbach — ohne Edwin natürlich. Dem treiben drei Buchprüfer in Engabrunn den Schweiß aus allen Poren. — Wie soll es weitergehen? — Je sportiver, desto schwieriger die ganze Geschichte — je jünger ich mich fühle, umso mehr vernebelt sich alles andere um mich herum. — Ja, alles in schönster Ordnung.« Was für eine so ganz andere Welt!

Soll und darf ich diese glückliche und glückhafte Frau, dieses reife Weib mit einem Christusbild quälen, das ich selber nicht mehr sehe, nicht einmal herbeiwünschen kann. Vor dem ich, wäre es mir noch zuteil, selbst erschrecken würde?! Warum beschwere ich sie mit Problemen, die sie nur unglücklicher machen, weil sie ihr fremder sind als mir ein so unbeschwertes Lebens- und Glücksgefühl? Das weiß sie, das fühlt sie, das hat sie mir hundertmal vorgeworfen, weshalb aber ruft sie dann immer wieder an?

*

Heute haben sie den sechsundachtzigjährigen Bosniaken-Oberstleutnant Stefan Milovic begraben. Ich habe erst vorgestern von seinem Weißenbacher Domizil erfahren. Er hat nach dem Zusammenbruch der Monarchie wie viele kroatische k.u.k. Offiziere für Österreich optiert und in Graz als Beamter einer Krankenkasse gedient. Er war Dreier-, ich Einserbosniak. In den Wasserwiesen hat er sich ein Häuschen gebaut und ganz zurückgezogen gelebt. Irgendwer, der von meiner bosniakischen Vergangenheit erfuhr, hat mich auf ihn aufmerksam gemacht. Zu spät. Schade. Ganz Weißenbach im Friedhof. Der Kameradschaftsbund von Weißenbach und Umgebung, Delegationen aus dem Neuberger Bezirk, auch mein Hausherr dabei, und natürlich Herr Siegfried. Ein Häuflein k.u.k. Veteranen mit Tapferkeitsmedaillen, viele mit Auszeichnungen aus dem Zweiten Weltkrieg, Eisernes Kreuz, Deutsches Kreuz in Gold, Ritterkreuze mit und ohne Hakenkreuz. Ich halte mich in einer Friedhofsnische auf, sitze dann in der Sonne auf einem umgelegten Grabstein. Wie alt ich mich fühle! Das Lied vom Guten Kameraden gehört noch zu mir, das Abblasen der Retraite erst recht. Mir ist zum Heulen. Die Marschmusik ermuntert mich nicht.

Jetzt muß ich damit fertig werden. Fertig werden, das Unwiederholbare abschalten, wieder anfangen, jeden Tag neu beginnen. Auch die toten Kameraden vergessen, auch das herrliche Reich in der Mitte, auch die Ordnung in der Mitte Europas, auch die Zerstörung und alle Zerstörer, auch das Gefühl, daß ich das Christusbild nie finden werde, weil es irgendwo auf einem anderen Kontinent zu suchen wäre, auf einem anderen Planeten, auch die Angst, daß ich mich mit Eva nie verstehen werde.

Vom Friedhof weg in den Pfarrwald, vor mir davongerannt, auf der Flucht vor jenen alten Bildern, Gefühlen, Gedanken, die meine Identität bedrohen! Hier gilt das Modewort. Selbstsein könnte man sagen, die mir bewußte Wirklichkeit, aus der ich komme, in der ich lebe. Als alter Soldat sollte ich lieber in meinen bosniakischen Erinnerungen verbleiben. Vor Tarnopol, in Siebenbürgen, in Serbien, in Italien, am Piave, in Albanien. Genug für ein Leben, das alles aufzuarbeiten, viel zu viel, damit fertig zu werden. Stefan Milovic war darum bemüht, konnte Erinnerungen niederschreiben, alte Stücke sammeln, Fotos, Zeitungsausschnitte, Briefe. Ein ganzes Museum, das nun irgend jemand verschenken oder verbrennen wird. Ich bin froh, daß ich nicht früher über ihn erfahren habe. Ein k.u.k. Offizier kommt über den Ersten Weltkrieg nicht so leicht hinweg wie ein jüngerer über den Zweiten. Darüber darf ich auch nicht diskutieren. Weder mit Papa Schmierl, dem Luftwaffenoberleutnant der Bodentruppe, noch mit den Komineks, die von den Greueln der Vertreibung nicht loskommen.

*

Zur Jausenzeit Pater Leo angerufen, daß ich ihn morgen besuchen werde. Mit dem Postautobus dreimal umsteigen! Auch er weiß keine weniger anstrengende Route für diese 45 Straßenkilometer. In meinem Zustand macht mich das Warten fertig. Ich ertrage jetzt auch jene Idioten nicht, von denen einer todsicher in jedem Lokal randaliert oder, noch schrecklicher, singt, nicht das Gelächter der drallen Mädchen, noch weniger die Popmusik aus all den Transistoren, noch die Frechheiten der halbwüchsigen Ö-3-Knaben. Ich darf keinen Tag versäumen. Ich fliehe vor Eva, deren Heiterkeit und Schönheit ich auch nicht ertrage. So hätte ich mich gestern vor mir selbst ausgeredet. Vor dem Auftrag fliehe ich, zu einem Mann, der als Theologe und Mann der Kunst mir noch helfen kann, auch wenn ich ihm mißtraue. Jetzt, da ich das Fenster vor mir spüre. Ein depressiver Maler außer Dienst.

*

Das alte Österreich in mir auslöschen, auch die herrlichen Anekdoten am Rande der Vergänglichkeit, die tief eingegrabenen Begegnungen mit toten Kameraden, Hauptmann Brunner, den es an meiner Seite zerrissen hat. Eva ausschalten, die Torheit, daß sie für mich, den ausrangierten Mann, noch ein Halt und, in ihrer kindlichen Glückseligkeit über einen zweiten Preis in Ossiach, eine Helferin sein könnte. Jene Hoffnung, nach den turbulenten Jahren unter und nach Hitler und nach diesem so sichtbaren Strafgericht Gottes, daß wieder Ordnung würde in unserer Welt. Daß wir wieder an eine Gerechtigkeit glauben, an die Gnade für unsere Welt hoffen dürften, auch an den Glauben an unsere Kirche als eine letzte, endlich von vielen Schlakken befreite Ordnungsmacht dieser Welt.

*

Der von mir längst abgeschriebene Dr. Bellmann erreicht mich über meiner »Eierschwammerlplantage«, grüßt keuchend, läßt Michael hinter sich. Ich umarme ihn, was ihn verlegen macht und Michael laut auflachen läßt . . .

»Sie kommen aus Großradlberg«, sage ich, »und

bringen mir die Lösung. Sonst wären Sie doch wieder an Weißenbach vorbeigesaust.«

»Ich komme von Pater Leo«, sagt er, »doch die Lösung bringe ich nicht, und wenn ich dennoch den Berg heraufkeuche, so doch nur, weil ich die Lösung in mir trage, sie aber nicht übergeben kann, weil Pater Leo sie nicht goutiert, und theologische Einwände gehen mir, dem alten katholischen Jugendführer, noch immer unter die Haut. Sie belasten mein Herz, gewiß nicht meine wissenschaftliche Arbeit, ja, nicht einmal mein theologisches Gewissen.«

»An deiner Stelle würde mich die Meinung Pater Leos überhaupt nicht berühren«, sagt Michael dann in der Hütte bei dem schnell herbeigezauberten, doch nicht gerade heiteren Frühstück. »Er kann doch auch nicht verbieten oder leugnen, daß Gott uns das Geheimnis der Atome erschlossen hat. In diesen Physikergehirnen, ob sie Christen, Juden oder Ungläubigen gehören. Er könnte nicht einmal die ganze Atomphysik oder die Relativitätslehre als eine Gefahr für die Menschheit hinstellen...«

»Doch, doch«, ruft Bellmann, »ohne die Atomwissenschaft wäre eine Gefahr für die Menschheit weniger auf der Welt. Ich heiße diese Bedenker auch nicht unverständig oder dumm, bloß ist jedes Geschenk Gottes mit irgendeiner Gefahr für seine Geschöpfe verbunden, auch unsere heutige Ahnung von der Größe des Kosmos. Ein nachdenklicher Mensch kann da schon wahnsinnig werden. Dazu alle unsere Erfindungen und Entdeckungen, sagen wir seit der biblischen Beduinenzeit. Und das soll in einem Kirchenfenster eine Gotteslästerung sein? Was ist in Ihren Pater gefahren, in diesen Schutzherrn unserer provokant neuheidnischen Maler, wie Michael behauptet, der an sakralen Bildern nur Fratzen duldete, Ihre Fenster, Herr Hemmelmann, in Grund und Boden kritisierte? Hat er die neuen Tatsachen nicht integriert?«

»Dabei«, Bellmann redet und redet, »hat er sie doch als vernünftiger Intellektueller längst angenommen, es gibt genug Unvernünftige. Ich weiß auch keinen Theologen, der heute die großartigen Entdeckungen der Physik leugnen oder auszuschalten versuchen wollte.« Er legt die angeberische Brille ab und wischt den Schweiß von der Denkerstirn. »Ob sich seine modernen Äußerungen nicht mit der Seelsorge im Großradlberger Exil vertragen, ob er, wie andere progressive Theologen, Angst vor dem eigenen Mut hat? Für mich ein modernistischer, doch kein moderner Mensch.«

Michael hat Angst, daß mich sein Freund durch diesen Redefluß abschreckt oder auch nur ermüdet. »Ein anderes, ein technisches Problem ist wichtiger«, sagt er. »Wie praktiziere ich das Atommodell in das Kaleidoskopfenster, das Modell vielleicht noch, doch die Formeln: Einsteins E mc^2 und darunter Heisenbergs A x . A p h, diese so wichtige Formel für die Grenzen unserer Erkenntnis. Diese nicht von einem Theologen oder Philosophen, von einem so großen Physiker selbst verkündeten Grenzen den fortschrittswütigen Zeitgenossen vor Augen zu halten, wäre heute die wichtigste Aufgabe der Kirche, meine ich.«

Michaels Frage verwirrt auch mich und stellt uns sogleich vor die Alternative, entweder diese Formeln durch sehr dunkle Scherben in das um sie herum heller gehaltene Kaleidoskop einzubauen oder auf das Kaleidoskop zu verzichten, ein Antikglasfenster zu bauen, gelbliches Glas, und auf die Scheiben groß die Formeln mit Schwarzlot aufzumalen, noch die eine oder andere wichtige dazu. Bellmann will das Fenster auf das Modell und die beiden Formeln beschränken, höchstens Planck dazunehmen. Er ist natürlich für das reine Antikglas. Wozu überhaupt die Schnapsidee: Riesenkaleidoskop? Die nun überflüssigen Scherben verkaufe man und finanziere damit die von ihm vorgeschlagenen Bildungskurse oder moderne Exerzitien. Ein Begriff, in den beide sich sogleich verbeißen. Michael aber verteidigt dann das Kaleidoskop als den Zustand unserer westlichen Gesellschaft, den das Fenster ja signalisieren soll. Michael setzt sich durch. Auch mir ergibt sich die Lösung nun durch einen Kompromiß (was auch sonst?). Ich werde im Farbenwirbel des Kaleidoskops drei Antikglasplatten aussparen und bemale sie mit Schwarzlot. Das Plancksche Wirkungsquantum (h) ist ja, lasse ich mich belehren, in der Heisenbergschen Ungenauigkeitsformel, die eine mögliche letzte Genauigkeit leugnet, enthalten.

Wir gehen dann bereits die Straße entlang in den noch hellen Abend hinein, bis zu einem abgestellten Wagen, der einen späten Fischer verrät. Wir stören ihn nicht. Mich aber packen nun einige Zweifel: Wenn ich diese Formeln und Zeichen auf ein Kapellenfenster schreibe, auch bloß auf das Rundfenster in einem Hotel und harmlose Gäste damit schockiere, muß ich den Betrachtern — etwa noch denkenden Konsumbürgern — doch etwas geben. Aufklärung, Bildungsversuch, Sensation genügen da nicht. Besinnung, Erkenntnis, Hoffnung in unserer kaleidoskopisch entarteten Welt. Aber wie?

»Pater Leo lehnt das physikalische Fenster als überflüssige intellektuelle Spielerei ab«, gesteht nun

Bellmann. »Was geben uns diese Formeln, stärken sie unseren Mut, ja unsere Hoffnung, auch den Atomkrieg und die moralische Atomisierung der Menschheit zu überleben?«

In der Hütte dann nehme ich zwei »Dormabene retard«.

*

Blockheide, 13. Oktober

Lieber Hans!

Heute kein Gespräch, dafür ein ellenlanger, ärgerlicher Brief. Ich bin noch zu unsicher, und ein Brief schließt wenigstens Hörfehler aus. Du bist ja allein Deiner Hörfehler wegen berühmt. Im Gespräch hörst Du an mir vorbei. Deine physische Schwerhörigkeit wäre, bei gutem Willen, halbwegs korrigierbar. Deine psychische kaum...

Unsere Heidehütte ist keine Unterweißenbacher Eremitage. Ich kann mir auch nicht vorstellen, daß ein normaler Mensch hier sich wochenlang mit gotischen Scherben spielt, nur weil es eben gotische sind. Ich aber komme vielleicht hier in der Heide eher mit mir ins reine als Du in Unterweißenbach, auch wenn das zugesagte Telefon erst in zwei Wochen installiert werden wird. Eben deshalb.

Morgen tritt Edwin seinen neuen Dienst in Gobschitz an. Übermorgen erwartet mich die Familie in Wien, zum 10. Geburtstag meiner Enkelin Claudia. Stell' Dir einen Geburtstag im Hause Fauland ohne meine berühmte Malakofftorte vor! Was wäre der ganze Faulandkonkurs dagegen? Zu wenig Zeit, die Holzhütte passabel einzurichten, zu viel Zeit, um über mich selbst hinwegzuturnen.

Erwarte von mir auch keine Generalbeichte! Nicht einmal einen Offenbarungseid. Beides soll nützlich sein, doch nur unter bestimmten Verhältnissen. Mehr nicht darüber!

Ich sündige weder wie ein zum zehnten Mal verehelichter Filmstar noch wie ein erbarmungswürdiges Starlett noch wie eine zu allem entschlossene Memoirenschreiberin, auch nicht wie irgendeine hochgejubelte Skandalnudel. Ich war nie in psychiatrischer Behandlung, ich bin nur eine Frau, die sich erlaubt, in einer von Anfang an verpfuschten Ehe mit ihrem Herzen und Geschlecht fertig zu werden. Kein Lämmlein, kein in die eigene Tiefe versponnenes intellektuelles Biest, keine Feministin, nichts als ein Weib, das, von der Natur nicht unbegabt, sich ihr Glück von niemandem wegdisputieren oder verbieten läßt. Das weißt Du! Du kennst auch meinen Stolz auf meinen Körper und auf meine Familie und hausfrauliche Tüchtigkeit. Ich schreibe da nieder, was Du ohnedies weißt. Irgendeinen Halt braucht man doch. Das eigene Selbstbewußtsein genügt nicht immer. Auch die Kirche nimmt heute, wie Du behauptest, Frauen als vollwertige Geschöpfe Gottes zur Kenntnis (reichlich spät) und nicht nur als Mütter, Schwestern, Erzieherinnen und Betschwestern, sondern auch als Liebende und Geliebte, selbst als Magdalenen, wie ja auch die natürliche körperliche Liebe heute ernster genommen wird als in meiner Kindheit! Ich bin keine Theoretisiererin, doch ich stelle mir vor, daß wir die allgemeine noch immer recht hilflose Verlogenheit, die durch die Minderbewertung der Frau in die Welt gekommen ist, nicht von heute auf morgen liquidieren werden! (Keine Lehrhaftigkeit, Eva, kein Pathos!) Ist es nun, da die Fauland

Ges.m.b.H. schwimmt, meine Pflicht, mich scheiden zu lassen und Edwin zu heiraten? Ist es nicht eher die verdammte Pflicht der angetrauten Gattin, erst recht dem eigenen Mann beizustehen und auf jede Liaison zu verzichten, Edwin also tatsächlich zu verlassen? Gewiß, ich habe in meinem Leben einige Männer abgeschrieben, zuletzt Fritz, doch Edwin gegenüber hätte ich keine Erfahrung, gar Routine. Noch nie habe ich einen Mann wie ihn geliebt. Sollen wir nicht einfach weiter unsere »Ehe auf Raten«, wie Du unser Verhältnis genannt hast, führen, gibt es in dem Katalog aller Verhältnisse von Mann und Weib irgendeine andere, eine dritte, eine x-te Möglichkeit? Edwin drängt auf Scheidung. Sein zänkisches altes Weib würde ihn kaum innerlich behindern (ich habe Dir von ihr noch nie erzählt).

Scherben, Scherben, wohin ich trete. Ich beginne sogar Deine verwunderliche Hingabe an diese ohnedies nicht mehr restaurierbaren Dinger zu verstehen. Ich habe auch heute mehr Angst um Dich als um mich! Für mich werde ich meine guten Verbindungen zur Psychiatrie nicht zu mobilisieren brauchen. Wenn ich aber über Deine Fensterpläne höre, bezweifle ich, ob ich Deine Liebesdienste als Mentor, Opa, als Vater, ja als Vater einer höchst fragwürdigen Tochter, weiter in Anspruch nehmen darf oder mich nun ganz auf mich selbst und auf mein Gewissen zurücknehme, was ja bereits für mich ebenso unmöglich wäre wie eine Trennung von meinem Edwin.

Herzlichst Deine zerrissene Eva

Unterweißenbach, 15. Oktober

Dr. Bellmann ist vor dem Frühstück abgereist, läßt für die Arbeit alles Gute wünschen! Michael hat ihn nach Wien gefahren! Soviel ich aus einem ziemlich irren Telefongespräch aus Neuberg herausfinde, will der Doktor eine Auseinandersetzung mit Pater Leo vermeiden. Er behauptet, der Pater lasse doch überhaupt nur gelten, was seiner persönlichen Meinung entgegenkomme, fordere stets eine Diskussion, verwandle aber jedes Gespräch sehr schnell in ein Diktat. Als Kunstexperte und als Theologe.

*

Pater Leo erbittet meinen Rückruf.

Wie soll ich ihm mein Physikfenster verdeutlichen, wenn schon dieser Bellmann vor ihm Angst hat? Bei ihrem Besuch in Großradlberg haben die beiden zu unbekümmert, auch zu pathetisch dahergeredet, vermute ich. Die wichtigen physikalischen Formeln als echte Botschaft Gottes an uns Erdenbürger! Bellmann soll sich vor Begeisterung überschlagen haben, ärger als vor mir. Keine neue Offenbarung! Wer behauptet das? Beim Schöpfer der Welt allein liegt es doch, wann und auf welche Weise er das Geheimnis der Schöpfung lüftet. Das läßt er sich weder durch die Kirchenväter vorschreiben noch durch irgendwelche Thomisten und Traditionalisten, nicht einmal durch die Bibel.

Ich bin weder Physiker noch Fachschriftsteller, sondern Maler. Heute nur ein schlichter Scherbentandler! Warum soll ich nicht ein Fenster aus gotischen Scherben bauen, mit den Weltformeln unserer Zeit?

»Sie aber, Professor (noch gönnt Pater Leo mir keine Zuhörerpause), Sie sind kein Phantast. Obgleich ich mir denke, ein Mann, der unser Jahrhundert so intensiv miterlebt hat wie Sie, als Maler miterlebt, muß ein Phantast sein, und wenn er keiner ist, ist das noch phantastischer. Sie schwärmen auch nicht theologisch, sie wissen genug von den Problemen unserer etablierten Kirche, Sie wissen auch um alle die falschen Bilder und Inbilder, die wir uns von Gott bisher gemacht haben, und daß wir sein wirkliches Bild nie entdecken werden. Was aber sollen 99,99 Prozent unserer Christen mit Ihren physikalischen Formeln in einem sakralen Fenster anfangen?«

»Was können diese Leute heute noch mit Gott anfangen?« sage ich. Er stockt einen Augenblick. Unterbrechungen ist er nicht gewohnt. Dann spricht er wieder:

»Dritte Offenbarung, wie dieser Doktor Bellmann phantasiert! Dabei haben wir weder das Alte noch das Neue Testament schon verdaut. Als Pfarrer in diesem Markt werde ich mir erst bewußt, daß uns auch die Kunst nicht weiterbringt oder gar die Welt die Schöpfung enthüllen kann. Gott hat seinen Sohn für uns hingegeben. Einen stärkeren Beweis dafür, daß wir auf seine Gnade hoffen dürfen...«, er verheddert sich. »Sie glauben doch nicht auch, daß zweitausend Jahre Christentum kein Zeugnis dafür ablegen, eher ein rechtes Gegenzeugnis.«

Plötzlich redet er von Michael. Die Eva habe nun auch ihn behext. »Auch wenn er Ihnen sicher noch kein Wort verraten hat, er glüht bereits. Ein dreißig Jahre jüngeres Mannsbild, gewiß ein fescher junger Mann. Michael, immerhin Ihr Schützling, und Eva, immerhin

Ihre Freundin, Herzensfreundin, nicht Geistesfreundin. Eine für mich fast unmögliche Verirrung. Doch warum soll eine Hedonistin nicht einen jungen Mann beglücken, wo ja seine Verlobte im Rehabilitationszentrum liegt? Cosi fan tutte. Nun wird es schön langsam langweilig. Mir wenigstens hängt der ganze moderne Sexualismus beim Hals heraus.«

Mir verschlägt's die Rede.

*

Unterweißenbach, 16. Oktober

Grimmeisen wird das letzte Wort sprechen. Wer zahlt, schafft an. Das wichtigste Axiom unserer modernen Gesellschaft bis in alle sozialen und politischen Gruppen hinein.

Grimmeisen schickt, ohne Vorwarnung, den Wagen mit Chauffeur. Ich überlege, dann steige ich doch ein, so unsicher hat mich Pater Leos Telefonpredigt gemacht.

Irgendwie mäßigt dann unser Gespräch im Biedermeierzimmer meine Hilflosigkeit. Nach dem gestrigen Nachtgespräch mit Heide legt er mir einen ganzen Möglichkeitskatalog vor. Heide hält nicht nur Michaels kosmische Formeln für umwerfend komisch, sondern macht zwei positive Vorschläge. (Heide ist im Grunde ihres Wesens ein äußerst positiver Mensch.) Ein moderner babylonischer Turm in das Riesenfenster hineinkomponiert, die geistige und menschliche Verwirrung unserer Gesellschaft. Wie sie sich das mit den gotischen Scherben vorstellt? Oder einen einherstürmenden apokalyptischen Reiter. Das gigantische Holzpferd auf dem Hauptaltar der Kirche von St. Martin bei Graz als Vorbild. Die Sensation des Jahrhunderts! Eva, von Grimmeisen gegen meinen Willen angerufen, ist gegen diese Vieherei und nach wie vor für das Riesenkaleidoskop, als das beste Symbolfenster unserer Zeit, das große Durcheinander, die radikale Auflösung überlebter Strukturen, Ausdrücke, die ich aus dem Munde Evas noch nie vernommen habe.

»Farbflut, Farbwirbel, ein erstarrtes Kaleidoskop.«

Grimmeisen versteht es, in jeder Lage engagiert zu wirken.

»Kein Ecce-Homo, wie ihn Frau Dora vorschlägt, die einzige natürliche Frau unter all den Weißenbacher Damen. Der Konservator ist sicher dafür, sofern man ihm den Transport der Scherben ins Museum verweigert. Was geht einen Konservator das Thema an? Gegen Ihr Durcheinander wäre er auf jeden Fall, eher noch für die alte ›Madonna mit dem Edelweiß‹, zur Freude unseres Pfarrers, der Stroblin und unseres Bürgermeisters, dieses amusischen Reifentandlers. Also Ihr alter Ecce-Homo. Ich gratuliere!«

Ich lasse das Glas auf dem Tisch. Er starrt mich an.

»Ich glaube nicht«, sage ich, »daß ein Ecce-Homo einen künftigen Sanatoriumsgast zu einer Meditation über Gott anregen wird. Wir haben zu viel Blut gesehen in diesem Jahrhundert und erleben blutverschmierte gefolterte Gesichter täglich auf dem Bildschirm.«

»Dann eben überhaupt keine Kapelle«, schreit er. »Den Neuberger Glasermeister engagiere ich. Auch ihn nicht, und Pater Zölestin hält ein Tedeum für die Vermeidung einer spektakulären Gotteslästerung. Und Sie hat er nach Weißenbach eingeladen, und ich habe ihn auf Sie gehetzt, als meinen Mitarbeiter von 1945.«

»Ich habe diese Einladung stets als eine Art Wiedergutmachung empfunden.«

Das Wort »Wiedergutmachung« ernüchtert ihn, er greint aber weiter: »Ich habe auch nicht bedacht, daß Sie 30 Jahre älter geworden sind und erst recht ein Nonkonformist. Was soll man heute mit einem Maler, der alles Gebräuchliche ablehnt, sich als Maler außer Dienst bezeichnet? Beides zusammen ist zuviel. Auch wenn mir Ihre Selbsteinschätzung imponiert. Treten Sie freiwillig zurück, und ich bezahle Ihnen das Honorar samt den Diäten für die aufgewendete Zeit. Kein Kunststück, wo wir beide ja keinen Vertrag geschlossen haben.«

»Keine Kapelle, keine Fenster. Entscheiden Sie, wie Sie wollen. Nur das Gerede von der Wiedergutmachung lassen wir lieber, auch in Ihrem Interesse, Herr Kommerzialrat, Präsident etc.«

Er sinkt ein und lallt unverständliche Sätze, bis er sich dann doch wieder findet. »Und was wollen Sie alles auf Ihr physikalisches Fenster zaubern? Dem Auftraggeber steht doch noch so viel Neugierde zu.«

»Morgen früh werde ich es beschreiben können.«

Er grinst. »Räusche ohne solide Alkoholunterlage sind gefährlich. Doch den Seinen gibt es der Herr im Schlaf.« Dann: »Morgen, zwölf Uhr, Professor. Ein echtes Ultimatum. Vielleicht rufen Sie noch Frau Fauland an, sofern diese unglückliche Frau ...«

»Ich halte sie wie immer für sehr glücklich.«

Er beutelt sich und leert das noch dreiviertelvolle Glas in einem Zug. Ich nippe bloß.

*

Noch vor dem Mittagessen flüchte ich zum Entwurf von Evas Riesenkaleidoskop. In drei Größen. Ich verbrauche beinah alle meine Tempera-Farben. Die beiden Schmierlkinder staunen.

Der Zimmertisch reicht nicht. Frau Schmierl schleppt eine Betteinlage herbei. Ich rufe Grimmeisen an. Er ist dienstlich in Graz. Das Atelier stehe jedoch für mich bereit, mit allem Inventar. Im Auftrag seines Herrn, sagt Anton. Der neue Stipendiat wird erst nächsten Montag eintreffen. Ein gewisser Hans Tomann. Der freut sich mächtig auf ein Wiedersehen. Ich habe ihn zwanzig Jahre lang nicht gesehen. Ein phantasieloser, doch perfekter Aquarellist. Morgen früh kann ich im Hotel beginnen. Ich werde die Stunden bis dahin ertragen. Ich spüre etwas wie innere Sicherheit in mir. Ich rufe Eva an. Die Nummer Fauland ist besetzt. Ich versuche nicht weiter. Was immer jetzt geschieht, empfinde ich als Fügung einer Macht, die mich nicht verderben will.

*

Auch Schmierl freut sich auf das große Farbenspiel mit den Scherben aus dem 13. Jahrhundert. Auch in der Malerei müsse heute nicht alles Neue total verrückt sein, meint er. Nur zerbricht er sich den Kopf, wie ich die Riesenscheibe, drei mal drei Meter, gegen Winddruck sichere, gegen die bösen Weißenbacher Frühjahrsstürme. Zwei Längseisen, zwei Quereisen schlägt er vor. Das Riesenfenster wird also aus neuen Scheiben zusammengebaut, keine größer als einen Quadratmeter. Aus den Eisen ergibt sich dann jenes Kreuz, das sich für eine christliche Kapelle gehört. Die Schienen wird Thomas Quirl schmieden, der beste Kunstschlosser der Gegend.

So einfach vom kaleidoskopischen Grund kann sich das Kreuz unserer pluralistischen Gesellschaft auch wieder nicht abheben. Es gehört dazu. Wer das Kreuz sucht, schaut die Welt, wer die Welt sucht und als ein Ganzes erfassen will, kommt über das Kreuz nicht hinweg. Schmierl meint, er hätte den Kaleidoskopvorschlag dieser feschen Eva nicht zugetraut. Eine kleine Freude für sie, mitten in der großen Pleite.

Über Einstein, Planck und Heisenberg hat er im Büro einen Kollegen, mit dem Hobby Physik, konsultiert. Daß ein heutiger Maler freilich statt Spruchbändern physikalische Formeln in ein Kapellenfenster schreiben werde, wundere ihn, ein so alter, dazu christlicher Maler.

Und wieder Eva. »Für diese Frau ist die endgültige Ausgestaltung weiter kein Problem. Da geht ja alles nicht sehr tief, gefährlich tief, wie es bei seiner Maria nach dem unehelichen Kind der Fall war. Nur unsere Ehe hat sie gerettet, und daß ich sie gegen den Willen meiner Eltern samt dem Buben genommen habe. Sie verzeihen die Gegenüberstellung, Professor, aber Sie wissen ja, als alter Freund, was Sie von dieser Frau Eva zu halten haben.«

»Mehr als Sie mir jetzt zutraun«, sage ich gereizt.

»Tiefe, was ist Tiefe? Dimensionen, die sich bei jedem Menschen irgendwie ändern.«

Der erste Mensch, mit dem ich über Evas Liebe zu Edwin gesprochen habe. Für mich ein böser Verrat. Ihn trifft es. »Dann muß sie sich jetzt entscheiden.«

»Und wenn die Entscheidung in ihrer Lage kaum möglich ist?«

»Sie wollen doch nicht an eine gewaltsame Lösung denken, Professor!«

Pater Leo ruft an. Frau Schmierl erschreit mich nicht. Er hat es eilig und erbittet Rückruf. Ich laufe gegen Weißenbach. Wahrhaftig, gegen meine Jahre laufe ich. Ich werde auch Eva nicht anrufen. In den Felskulissen liegt Neuschnee. Morgen werde ich den Talschluß wieder sehen wie im Vorfrühling 1945. Drei Jahrzehnte angefüllt mit Arbeit, Ärger, Plänen, Skizzen, immer neuer Bilder, mit nichts, was da dauern könnte. Endlich ein Auftrag, der herausfordert wie vor vielen Jahren den jungen Expressionisten, der ein volles Leben zusammenfaßt, und ich komme nicht mit, ich denke kaum mehr an einen Farbwirbel, lasse alle möglichen Vorschläge und Bedenken ein. Dieser Schmierl hat einen perfekten Kreis aufs Papier gezaubert! Ob ich überhaupt noch zeichnen kann? Ob ich, wenn ich in mich einsinke, auf sicheren Boden treffe, einen Boden, auf dem ich noch stehen kann? Ob ich nichts als ein Schwärmer bin, ein ungeheurer, von der Gesellschaft längst verbotener Naivling, der seine tatsächlich gemalten Fresken, Bilder, Fenster am liebsten zerkratzen, zerscherben möchte! Ob Scherben unser Schicksal sind? Ob wir endlich mit den Scherben leben lernen sollten? Aber wie?

*

Abends nach dem Gespräch mit Großradlberg

Ich schmeichle mir nicht, ein großer, ein weltbewegender Maler zu sein. Ein wenig von jener Verrücktheit aber, die jeden Künstler auszeichnet, auch zeichnet, nehme ich für mich in Anspruch. Auch das verrückte Kaleidoskopfenster mit physikalischen Formeln. Der Pater kennt meine Sprüche und winkt (am Telefon) lächelnd ab. Ich höre ihn lächeln und explodiere, was mich augenblicklich, gleich einer intravenösen Herzinjektion, stärkt. Was ich ihm alles in den Telefonhörer gesagt, zugerufen, zugeschrien habe: »Ich brauche ja nichts von Ihnen als Kunstexperte, weder eine Erlaubnis noch einen Rat. Ich kenne Sie zu lange, als daß ich Ihren Geschmack nicht durchschauen, ihn als jeder Mode ergeben definieren könnte. Ich rufe Sie auch nicht als theologischen Experten an. Daß ich von einer neuen Offenbarung schwärme, haben Sie erfunden. Aber ich wundere mich immerhin, daß Sie zu jenen Theologen gehören, die den Galileikomplex noch immer nicht losgeworden sind. Und daß Sie als Pfarrer in einer großen Pfarre nicht mehr diskutieren wollten und könnten, machen Sie mir ja doch nicht weis. Ich danke Gott, daß ich jetzt nicht in Ihrem Pfarrhof sitze, wie Sie es vorgeschlagen hatten. Ich würde nach ein paar Tagen mit Ihnen überhaupt nicht mehr ...«

Er hängt ab.

Ich werde mich für diesen Monolog schämen. Doch um Himmels willen nicht jetzt!

*

Evas Brief aus Wien

Lieber Hans!

Dein Schweigen, Dein Nichtanrufen, auch auf meine Bitten hin, kann ich nur als Schuldbekenntnis auffassen. Jetzt, wo die Katastrophe da ist, versteckst Du Dich hinter Deinem Scherbenhaufen und tust, als sei alles wichtiger in der Welt als das Schicksal Deiner sogenannten Freundin. Solange hast Du mich als Hedonistin, Anarchistin, moralische Nihilistin bekrittelt, ja mit noch ärgeren weiblichen Berufsbezeichnungen bedacht, wie frivoles Sexgirl (doch, doch), bis ich mich in Edwin richtig verliebt habe, genau mit jener Frequenz, die für Dich das Zeichen echter Liebe ist, nach meiner Meinung schließlich auch, und nicht erst seit gestern. Jetzt habe ich die Konsequenz auszubaden, und Du stellst Dich taub und dumm. Edwin sieht unsere Sternstunde gekommen, er drängt auf Scheidung. Stundenlang heulen wir wie zwei Teenager, wenn wir auseinandergehen.

Gründe, mich nicht scheiden zu lassen (rationale Gründe), ein Dutzend: Ich kann doch meinen Mann nicht inmitten aller Schwierigkeiten allein lassen, noch weniger meine Kinder und Enkel, bei unserem Zusammenhalt, bei unserem vorbildlichen Familienleben. Wie drücke ich mich nur aus? Du hast alles hundertmal von mir gehört, auch daß Du mich in diese nun unmögliche Situation manövriert hast mit Deiner Rederei von einer nebelhaften Ordnung, der wir alle, auch mit unserem Geschlecht, unterworfen sind. Ich kann auch nicht in Gobschitz sitzen und als alterndes Hausmütterchen Trübsal blasen! Wie ich diese Frauen, die mit sich nichts, nichts mehr anzufangen wissen, bemitleide!

Warum hast Du mich aus meinem guten, harmonischen Leben herausgerissen? Aus Liebe und Verehrung zu mir? Das erzählst Du mir nicht. Aus Unkenntnis einer immerhin nicht zu komplizierten Frau, die in nichts, aber in gar nichts Deiner armen Toni gleicht. Aus Bestemm, daß Du mehr vom Leben verstehst als ich, nur weil Du älter bist und mehr erlebt hast. Was hast Du schon alles erlebt im Vergleich zu mir?

Ob Scheidung oder nicht. Du hast mich zu einem anderen, einem unglücklichen Menschen gemacht. Das ist es. Auch wenn ich mich gegen solchen Unsinn wehre, ich bin nicht mehr die alte. Ich kann darüber traurig sein, explodieren, ändern kann ich das vielleicht nur mehr, wenn ich alles aufgebe, auch Edwin, auch ihn jenen Männern zureihe, denen ich Unglück gebracht habe, und mein altes Leben wieder beginne, neue Flirts, neue Liaisons, die mir nicht einmal unter die Haut gehen. Kein Wort mehr darüber zwischen uns beiden, wenn Du ein Freund dieser für Dich unmöglichen Person überhaupt bleiben willst.

Michael berichtet mir, daß Du meinen Kaleidoskopvorschlag realisieren wirst. Die Verwirrung der Scherben und Farben paßt für uns beide. Du wirst auch physikalische Formeln in das größenwahnsinnige Fenster einbauen. Du, der Gegner aller Physiker und Technokraten! Ich habe auch Dich verwandelt, so gründlich aber zu Deinem Vorteil, und rechne es mir als mein Verdienst an. Michael wäre, um zwanzig Jahre älter, mein Typ. Wie ich ihn mir bei seinen Besuchen in der Villa vom Leibe halte, Du hättest Dein Vergnügen daran. Noch bin ich Edwin treu. Zum ersten Mal bin ich einem Mann wirklich uneingeschränkt treu. Doch kein Wort mehr darüber, auch nicht über Deine Scherbenprobleme. Ich suche mein altes Gleichgewicht, und Du sollst mich dabei nicht stören.

Deine arme Eva

*

Seehotel, 17.25 Uhr

Ich habe das mir aus Prestigegründen zugedachte Erzherzog-Johann-Appartement mit dem Eckzimmer im ersten Stock getauscht. Vielleicht lese ich hier Evas Brief noch einmal genau, vielleicht auch nicht. Wir beide dürfen aufeinander nicht verzichten. Eva hat die echte Liebe, damit ihr tieferes Wesen gefunden, was will ich noch mehr? Wer will, wer darf noch an ihr mäkeln, wer hat ein Recht, jemandem Liebe aufzudrängen oder vorzuenthalten? Ob ich meinem eigentlichen Leben und Wesen nicht doch wieder nähergekommen bin, weil auch ich verzichten kann und wieder mich allein suche? Mein Leben, mein volles Leben seit den ersten Stunden im Schützengraben, das sich nicht mit irgendeinem Generations- oder Jahrzehntemaßstab messen läßt. Mein Gott, wenn einer so tief drinnen steckt, so viel an Wahnsinn und Dummheit an sich selbst erfahren hat und dabei noch immer den Glauben, daß es einen Gott gibt und dieser Gott etwas mit uns vorhat. Auch wenn ich nicht begreife, daß er die von ihm geschaffene Erde mutwilligen Zerstörern preisgibt.

Ich werde Evas Brief nicht ein zweitesmal lesen. Vielleicht gelingt mir dann heute der große Wurf. Grimmeisen ist für ein paar Tage nach Wien gefahren! Er will Berater konsultieren, einen Hotelfachmann, den Boß der Gewerkschaft Persönliche Dienste, Sektion Fremdenverkehr. Wozu halte ich das fest? Doch nur aus Freude darüber, daß Grimmeisen mir ein paar Tage lang nicht dreinreden kann, daß ich ihn in diesen Stunden nicht sehen muß. Während der Fahrt nach Unterweißenbach haben wir keine fünf Sätze gewechselt. Der Briefträger, zwei Bäuerinnen, ein Häuselbauer, der Förster! Aus den halb mitgehörten Gesprächen nur ein Satz: »Im übrigen können mich alle kreuzweis, öffentlich und intim.«

*

Kein Telegramm, kein Anruf in Wien! Ein Brief. Den kriegt sie frühestens morgen. Ich aber werde weiterarbeiten können, wenn meine Antwort auf ihren halbverrückten Brief auf dem Papier steht. Ich habe einige solche Ausbrüche erlebt. Dieses Sichaufbäumen gegen eine innere Verwandlung, eine Verwandlung, die man nicht widerrufen, nicht einmal korrigieren oder nur schwächen kann; verzerren, wäre das rechte Wort.

*

Liebe Eva!

Ich rufe nicht an, ich werde Dich bei Deinem gegenwärtigen Zustand auch nicht besuchen. Dich aus meinen Selbstgesprächen auszuschalten, kannst Du nicht verlangen. Es gelänge mir auch so wenig, wie Deine Flucht von Edwin. Ich lese Deinen Brief kein zweitesmal, ich studiere, interpretiere ihn auch nicht. Irgendwie hat Dich, über Nacht, Reue gepackt. Was heißt Reue? Für eine Eva kaum ein brauchbarer Begriff. Wenn ich diesen Brief zu Ende bringe, bin ich heute mit meinem Entwurf gescheitert. Unser Unglück, daß wir immer wieder Sachen, Gedanken, Empfindungen irgendwie ordnen, einordnen wollen, die sich jeder Einordnung, jeder Ordnung widersetzen...

Das spürt sie wie ich. Sie hat es bereits früher an sich erfahren und wehrt sich auf ihre Art unlogisch, weiblich, irrational, bei all ihrer gerühmten Rationalität. Sie bricht aus, und wenn sie den Urheber ihrer Verwandlung, also ihres neuen Zustandes, beschimpft, ist ihr schon leichter.

*

Anruf aus dem Schmierlhaus. Frau Generaldirektor Fauland erbittet Rückruf. Nach zehn vergeblichen Anrufen erwische ich Max am Apparat. Eva ist entweder in Gobschitz oder wiederum in Engabrunn oder irgendwo bei einer Freundin unerreichbar. Sie wollte wohl allen Freunden persönlich mitteilen, daß nach einer Neuorganisation des Betriebes die Einladungen zur Silvesterparty aufrechtbleiben. Silvesterparty! Max erschreckt mich mehr als Evas Brief.

Eine halbe Stunde getrau ich mich nicht aus dem Zimmer. Dann wage ich mich wieder an den Brief:

... Die Sicherung der Firma (was ich da zusammenschreibe). Was ändert sich durch die gute Botschaft an Deiner Verzweiflung, ja Verzweiflung? Nichts. Die Scheidung bleibt offen wie gestern und vorgestern! Alles beim alten! Alles erträglicher — wenigstens finanziell und standardmäßig. (Soll ich nachrechnen?) Deinen Anruf im Schmierlhaus und die Aufforderung zurückzurufen, nehme ich als ein Zeichen dafür, daß Du die Dinge wieder ruhig siehst, rational wie Du bist, oder zu sein glaubst! Daß ich Dich in Wien nicht erreiche, kaum zehn Minuten nach Deiner Aufforderung, nehme ich Dir nicht krumm. War Michael bei Dir? Dazu hätte ich andere Gründe genug. Als ein Zeichen nehme ich es, daß Du nicht abspringst, weder von Deinem neuen Selbstbewußtsein noch von Deiner Liebe zu Edwin, auch nicht von Deinem Verstand. Du kannst alles, was Du Dir vornimmst. Nur die echte, die ganz große Liebe sollte meiner Eva zu schwierig sein? Ich begreife auch das für mich Unbegreifliche, daß diese Liebe nun aus erotischen Abenteuern herausgelöst, auch gegen eine so tiefe Verstrickung wie mit Fritz Pohlmann reif und süß geworden ist wie die erste Liebe eines Teenagers... von meiner eigenen Ausweglosigkeit her begreife ich Dich. Über unsere bürgerliche Art, alles in Zusammenhängen zu sehen wie ein Rechenexempel und das Leben als Bilanz hinzunehmen, darüber sind wir beide hinaus. Wir tappen durchs Leben, immer wieder unsicher, süchtig nach Wegweisern, die man uns heute vorenthält, und wenn einer wo steht, ist es eine von den Liquidatoren des Abendlandes vielleicht vergessene Tafel. In die Wildnis, in die sie uns den Weg weist, wollen wir ja doch nicht eindringen...

Dein Spott, daß ich, der geschworene Antitechnokrat, physikalische Formeln auf mein Fenster schreiben werde, ist berechtigt, solange ich diese Formeln, ihre Hereinnahme in einen wenn auch kleinen Sakralraum nicht begründen kann. Diese Begründung zu erwarten, auch zu erzwingen, habe ich mich in das Balkonzimmer, das Du mit Max bewohnt hast, zurückgezogen. Dabei warte ich ja doch nur auf Deinen Anruf...

*

Eine Stunde lang erwarte ich Evas Anruf, und ich bin froh, daß sie nicht anruft. Ist der alte Hemmelmann unter die Mystiker gegangen, ist er total verrückt, sich die Einsteinformel und das Atommodell auf einem Kirchenfenster einzubilden? Er spürt, daß er auf dem Weg ist, er weiß um das Geheimnis dieser Weltformeln, er kann es nur nicht so begründen, daß nicht auch einen Pater Leo Spott übermannt. Dritte Offenbarung? Nein! Warum auch eine dritte? Gott offenbart sich neu in jedem Jahrhundert. Wer redet von einer Offenbarung, wenn Gott einem Menschen die Formeln seiner Schöpfung schenkt. Keiner. Ein Maler muß nicht nach der Natur malen, er kann unverständliche Bilder an unsere Wände zaubern, einen Christen als Kinderschreck in eine Kirche hängen, nur sich lächerlich machen darf er nicht. Wie oft habe ich über das Problem der Lächerlichkeit in der modernen Kunst gestritten? Jetzt weiß ich: Lächerlichkeit ist die Grenze, die ein noch so extravaganter Künstler nicht überschreiten darf.

*

Ich laufe in den kühlen Abend hinaus, jeder Verfügung über mich entzogen, auch dieser Besessenheit. Kann man die echte Antwort erzwingen? Sie wird uns geschenkt oder auch nicht, soviel hab ich in den letzten sechzig Jahren dazugelernt. Ein nicht schlecht angelegter neuer Rundweg um den kleinen See und nach dem Geschmack Grimmeisens gestaltet, romantisch in die alten Fels- und Baumbestände eingebettet, nun, nach dem Blattfall, ohne unangenehme Theatralik. Bänke, Tische, kleine Wasserfälle, Springbrunnen, Plastiken von Stipendiaten, ein überlebensgroßer Kommerzialrat in Terrakotta, im Sommer sicher erst hinter dichtem Erlengebüsch zu entdecken. Kalksteinspiele nach Wotrubas Vorbild. Sie gefallen mir wie die bereits zusammengekehrten goldgelben Laubhaufen. Dann über einer Bank an einer alten Birke die Tafel: »Als ich an diese Stelle kam, ein Unhold mir das Leben nahm.« Ich erinnere mich an den Eifersuchtsmord eines Schmieds im Krieg. Das Wort Unhold aber, ein ungewohntes Wort, ein verbrauchtes Wort für alle, die Zerstörer unseres Lebens und viele, die unsere Welt ins Unheil hinein regieren. Unhold. Ich beginne mich vor all den Unholden zu fürchten.

*

Eva hat angerufen. Sie wird wiederum anrufen. Tatsächlich ruft sie nach zehn Minuten an. Für Eva eine Pünktlichkeitsleistung.

Ihre gute Stimme: »Alles in Ordnung, nicht nur bei

der Firma.« Sie hätte längst angerufen, doch ist sie mit Michael bei Hanni im Rehabilitationszentrum gewesen. Hanni geht es besser, als die Ärzte wahrhaben wollen. »Ich habe die Überstellung in ein Wiener Heim erreicht. War das schlecht von mir? Hätte ich dich vorher fragen müssen? Ich finde, wir fragen zu oft. Wichtiger eine Botschaft Pater Leos. Dich direkt in Weißenbach anzurufen, wagt er nicht mehr. Er weiß ja auch nicht einmal, wo du steckst, und überhaupt. Mit dem Kaleidoskopfenster wäre er einverstanden. Endlich! Dabei ist es doch das modernste ungegenständliche Fenster, das man sich denken kann. Doch von einer Modernität, die auch mir gefällt, die mich, wenn ich nachdenke, begeistert. Ab und zu kann ich noch nachdenken. Auch über dich. Über Edwin braucht es dieses Nachdenken kaum. Da ist alles, wie es sein soll und allein sein kann. Auch mein Leben ein Kaleidoskop! Nicht nur meine Liebschaften, wie du jetzt wieder denkst, mein ganzes Leben! Auch jene Heimlichkeiten, von denen du allein weißt. Da kommt es dann nicht mehr darauf an, wie die farbigen Scherben zueinander liegen, auf jeden Fall ergeben sie ein erträgliches Gesamtbild, das festzuhalten sich lohnt. Stets bilden sie ein Ganzes. Ist das kein Trost? Kann man sich nicht darauf verlassen? Dieses Mich-Wiederfinden verdanke ich deinem von mir so sehr geschmähten Scherbenhaufen und deinem für mich wie für dich selbst so blöden Puzzlespiel! Du aber verdankst meiner Kaleidoskopidee dein neues Fenster. Nur die physikalischen Formeln lehnt der Pater ab. Auch darüber hat er ausführlich mit Michael gesprochen, der ja nach wie vor dafür ist und sich sogar auf seinen Vorschlag allerhand einbildet. Der Pater sieht keinen Grund,

Einstein, Planck und Heisenberg einfach in einem Kapellenfenster zu plakatieren. Ich finde keinen Gegengrund. Auch das Atommodell müßte dem Betrachter, dem Beter, wenn du willst, etwas geben und unser Wissen um Gott erweitern. Wie, das wäre eine Aufgabe der Prediger. Unser Vertrauen in Gott, wie Michael sagt. Ich drücke mich sicher falsch aus, ich bin ganz weit von jeder kommunen Frömmigkeit angesiedelt, auch von deiner vielleicht sonderbaren, lieber Hans. Ich habe nur mein ganzes Leben darauf gehofft, daß eine große Liebe über mich kommt und mich als Frau, sagen wir, rehabilitiert. Ich kann mir auch vorstellen, daß man heute nur mehr auf Gott setzen und hoffen kann, bloß artikulieren (verzeih!) kann ich das alles nicht, nicht einmal zu Ende denken. Pater Leo erwartet deinen Anruf. Ich würde an deiner Stelle mich hüten. Seine Telefonpredigten gehen dir sicher näher als meine.«

*

Ohne Decke sitze ich auf dem Balkon. In der Waldhütte würde ich bereits vor Kälte zittern, hier vor dieser großen Herbstnacht, meinen phantastischen Felswänden gegenüber, fürchte ich auch für mein Herz nicht. Das Telefon habe ich nicht abgelegt, wie mir Anton geraten hat. Ob ich abheben werde, wenn Pater Leo anruft oder Eva?

*

In den ersten Tagen meines Herzinfarkts habe ich mich so geborgen gefühlt, so sehr allem Suchen entrückt, so ganz ohne meine alte Unbedingtheit und Entscheidungssucht. Hätte ich die Pillen von damals bei mir, ich würde sie jetzt doch nicht nehmen. Ich würde ganz klar auf den Tod warten, neugierig, ob mein Leben tatsächlich dann vor mir abläuft wie ein Film. Ob alles so abläuft, wie ich es weiß, oder anders, wie es wirklich war, das andere, das nicht nur in mir gespeicherte Leben von den toten Kameraden bis zur toten Lotte Wild und dem Glück einer Genesung nach dem Krieg und meiner stillen glücklichen Ehe mit Toni. Ob auch das Versäumte dann darunter bildhaft wird, so viel versäumte Klugheit und Tapferkeit und noch mehr versäumte Liebe?

*

21.20 Uhr. Das Telefon. Ich lasse läuten. Der Anrufer legt ab. Nach fünf Minuten ruft er wiederum an. Wer stört mich, jetzt, da ich mich endlich gefunden habe? Ich habe noch das gespenstische, ja rührende Signal vom April 45 im Ohr, als die Russen bereits hereinschossen, Grimmeisen getürmt war und Lotte Wild in der Kanzlei am Fensterkreuz hing. Wer sucht mich? Ich hebe ab. Vor dem Hintergrund einer schluchzenden Barmusik eine alkoholisierte Frauenstimme. »Sepp? Was ist los? Sepp? Ich warte seit zwei Stunden, alter Gauner.«

*

21.32 Uhr. Ich wähle Großradlberg und frage die schläfrige Haushälterin, ob der Pfarrer zu sprechen ist. Sie verbindet. Die Verbindung knackst ein paarmal, dann reißt sie ab. Ich rufe neu an und lasse das Signal laufen. Wenn ich jetzt abhänge, kapituliere ich, nicht nur vor dem Pater. »Hochwürden will nicht gestört werden, er ist nach der Maria-Moos-Wallfahrt sehr müde.« Die Hauserin ist nicht einmal grantig. Ob es sich um einen Versehgang handelt?

»Um eine gute Nachricht«, schreie ich ins Telefon und nenne meinen Namen. Die Verbindung klappt auch jetzt nicht. Zu verschlafen ist die Hauserin. Ich wähle zum drittenmal. Pater Leo ist am Apparat.

»Eine Panne? Kommen Sie nicht weiter? Haben Sie sich einen neuen Weltuntergang ausgesucht? Als Pfarrer, der für 1000 Seelen verantwortlich ist, denkt man da schon anders. — Ihre Idee aber, für die westliche Gesellschaft die Wahl einer ›Miß Weltuntergang‹ vorzuschlagen, wäre, richtig präsentiert etwa durch unsere Heide, sicher ein Schlager. — Hat Michael Sie angerufen? Er besteht noch immer auf den Formeln.«

»Wie ich«, sage ich, »und dies eben wegen dieser Miß Weltuntergang.« Ich höre ihn lächeln. »Ich habe nämlich die Begründung für meinen Vorschlag gefunden. Jetzt, soeben ja, bevor ich Sie aus dem Schlaf gerissen habe. Sie brauchen sie nicht anzuhören. Ich geb sie schriftlich, ich brauche auch Ihr Ja nicht mehr.«

»Also doch die dritte Offenbarung Gottes, von der Michael phantasiert.«

»Ein Versprechen Gottes. Ich sage nicht einmal: eine frohe Botschaft.«

»Ich weiß, Sie meinen, wir Kleriker hätten von der Frohbotschaft ohnedies zu viel unterschlagen und durch Gesetzesparagraphen ersetzt. Ganz unrecht haben Sie ja nicht ...«

»Und wenn ich behaupte, Gott kann doch nicht den Untergang seiner Schöpfung wollen, wenn er unserem Jahrhundert, unserem Geschlecht, das die Zerstörung seiner Schöpfung, den Selbstmord mit Verbissenheit sucht, wenn Gott vor unseren Augen den Vorhang vor den letzten Geheimnissen der Schöpfung lüftet, eine logische Hoffnung. Ich werde den Vertrag morgen unterschreiben und übermorgen mit der Arbeit beginnen. Auch wenn Sie mich jetzt für verrückt halten.«

»Verrückt doch nicht, Professor! Werden Sie es nur nicht, wenn dann die Sachverständigen über Sie herfallen und die Unverständigen, die ja noch viel mehr zu reden und zu entscheiden haben.«

Ende